相信閱讀

Believing in Reading

大前研一教你立刻交涉成功的商用英語

大前研一／監修

江裕真／譯

CONTENTS

前言
要學就學「能創造成果的英語」（大前研一）…… 008

Chapter 1 **商場上立即管用的四十個關鍵單字和常用對話**（講師：関谷英里子）…… 019

開會時 常用的四個關鍵單字

OBJECTIVE …… 022
FACILITATE …… 024
CLARIFY …… 026
RESERVATION …… 028

簡報時 常用的四個關鍵單字

SHARE …… 030
OVERVIEW …… 032
REFER …… 034
SUMMARIZE …… 036

向公司外部做簡報時 常用的四關鍵個單字

ANNOUNCE …… 038
LAUNCH …… 040
RELEASE …… 042
COMMIT …… 044

宣傳公司時 常用的四個關鍵單字

AIM …… 046
GENERATE …… 048
PRODUCE …… 050
ADVANTAGE …… 052

激勵時 常用的四個關鍵單字

ACHIEVE ………… 054
TEAM ………… 056
DELEGATE ………… 058
PROGRESS ………… 060

意見回饋時 常用的四個關鍵單字

FEEDBACK ………… 062
PERFORMANCE ………… 064
RESULT ………… 066
FOCUS ………… 068

推動專案時 常用的四個關鍵單字

DEVELOP ………… 070
EXECUTE ………… 072
PROMOTE ………… 074
EXPAND ………… 076

克服困難時 常用的四個關鍵單字

CHALLENGE ………… 078
ISSUE ………… 080
IMPROVE ………… 082
OPPORTUNITY ………… 084

談判・討論時 常用的四個關鍵單字

PERSPECTIVE ………… 086
CONSIDER ………… 088
MONITOR ………… 090
REVISIT ………… 092

報告時 常用的四個關鍵單字

UPDATE ………… 094
MANAGE ………… 096
SOLVE ………… 098
REPORT ………… 100

Chapter 2 從失敗情境中學會英語談判的訣竅

Chapter 2 從失敗情境中學會英語談判的訣竅（講師：船川淳志） 103

1 學校沒教、「只用一個字就能確認對方意向」的技巧 108

2 在商場中陳述推論時，萬萬不可用 Perhaps 112

3 擅於聆聽就不會失敗
學會這些片語，讓你不陷入聽不懂的惡性循環 116

4 謙虛對外國人行不通
絕對不能說「I can't speak English well.」 120

5 腦力激盪時也能有亮眼表現 一邊說、一邊思考的技巧 124

6 捨棄「某個字就對應某種意思」的習慣
不讓對方不安的「確認方法」 128

7 負起說明的責任　表示知道自己不能置身事外的片語 131

8 Which country are you from? 是失禮的說法
多文化環境下的禮節 136

9 第一印象最重要　不失敗的「開口寒喧」法 140

10 在演變為情緒性衝突前應該先懂的事
「雙方見解不同時」可用的單字 144

11 輕易使用 Problem，會出「問題」
既能「提醒、建議」對方，又不會使人沮喪的方法 148

12 改變開會時的沉悶氣氛
會議主持人要創造「積極氛圍」 152

13 具備主持電話會議的能力　不知如何回應時就徵求建言 156

14 不要怕針鋒相對　拿出根據，明確「反駁」 161

15 也要扮演解說文化的角色
客氣與察知他人心意的溝通方式不管用 165

專欄 通往「道地英語」的捷徑在於思維轉換 170

Chapter 3 你能有禮貌地表達這些事情嗎？

& 懂得怎麼寫禮貌的信件嗎？ 177

商業會話篇 ①文法正確的禮貌說法！（講師：狩野みき）

「可以幫我一下嗎？」
過去式可用於表達難以開口的事 180

「本來打算這麼做，但是失敗了」
可以用現在完成進行式的 I've been wanting ／ meaning 183

「要不要一起吃個午飯？」
提建議時用 could 可讓人際關係和睦 187

「如果可以和我們聯絡，那就太好了」
用假設語氣可表達「謹慎的期望」 190

「能否講慢一點？」
I wish+would 是較輕微的「拜託」 194

「如果碰到什麼問題」
If ～ should 是顧及對方顏面的好用片語 197

商業會話篇 ②學會禮貌表達的訣竅！（講師：大前研一）

「是不是能告訴我，為什麼會這樣？」
在不責備對方的狀況下詢問「失敗原因」 199

「我無法接受你的意見」
無法同意、提出抗議時，也有禮貌的說法 202

「現在還是暫時別討論那件事吧」
感覺快要出問題或想要改變話題時可使用的片語 204

「是我不好！」
沒有辯解餘地時可使用的道地說法 206

應用篇「希望你告訴我事實」
不好開口的話題，如何才能讓對方交代清楚？ 208

商業郵件篇 ③如何寫合乎禮貌的郵件（講師：松崎久純）

「Subject（主旨）」是郵件的「門面」
以一個字表達重點最聰明 …… 210

如何寫收件人名字才不失禮
名字後面要用逗號，還是冒號？ …… 212

部門名稱一定要加「The」
不知道對方姓名時的稱謂禮節 …… 214

信末不是只能寫「Sincerely」
信末要用什麼詞，取決於收件人名稱中是否寫了對方名字 …… 216

適合國際商業人士使用的「簽名檔」
光寫自己的姓名與郵件地址不夠親切 …… 218

寫對「年月日」與「時刻」
「11:00 a.m.」可能讓對方覺得你不懂寫法 …… 220

「關於～」、「要向您報告～」
正文開頭處可活用各種常用說法 …… 222

「麻煩您回信」、「請和我聯絡」
信件結尾也要使用有禮貌的語句 …… 226

「真的非常抱歉」
道歉時也要一併表達「感謝您的體諒」 …… 229

結語
學好英語無關年紀，
達成「一年五百小時」就對了（大前研一） …… 232

前言

要學就學「能創造成果的英語」

大前研一

全球化一詞出現已久，但是在日本，就算是號稱全球化的企業，到現在英語能夠運用自如的員工，實際上還是少之又少。

我想會來看這本書的朋友，不是下定決心學好英語，就是對英語還缺乏自信，無法在工作中輕鬆使用英語的人吧？遺憾的是，不只是這些人，就算是「對英語稍有自信」的人，在工作中用到英語時，也一樣不時出狀況。

未來，日本的國內市場將會因為人口減少而逐漸變小。因此，許多日本企業為求成長，都免不了要走上全球化的道路。所以，自從二〇一〇年，樂天及第一零售這兩家企業把英語訂為公司內部通用語言後，許多企業都紛紛跟進，開始致力提升員工的英語能力，培育全球化人才。

例如，三井住友銀行自二〇一一年起，要求從事綜合性業務工作的一萬三千名員工，要努力在多益（滿分 990 分）拿到 800 分以上的成績；武田藥品工業也自二〇一三年四月起，要求新進公司的社會新鮮人必須拿到 730 分以上的成績（針對研發與管理等部門的成員）；三得利食品國際也在二〇一三年展開提升英語能力的計畫，要求總公司所有部門，多益的平均分數以進步 100 分為目標。

◆英語不是直譯母語

現在許多日本企業都會把英語能力當成招聘員工或決定升遷與否的考量。不過，在多益測驗中拿高分，並不代表在工作中就一定能流利使用英語溝通。事實上，我看過太多的日本上班族，明明多益拿了 850 分以上，但實際用英語談判或談生意時，卻都談得很吃力，甚至吃上許多苦頭，失去了自信。

為何會這樣呢？原因在於，絕大多數的人，都是用「母語英譯」的方式思考英文句子。一旦在商場中用母語直譯成英文，很多時候不但無法表達出真正的意思，還會把事情搞砸。這是因為商業英語和學校裡學的英語是不同的。

我來舉個淺顯的例子吧。要詢問部屬或往來廠商，為何工作比預計時間還晚完成時，我們很容易就會用「Why ～」或「Explain to me」這類的說法。多數人的腦中只是把「你為什麼晚交？」、「請你解釋」的想法翻成英文而已，就算實際上沒有氣成那樣，但轉換成英語後，就會變成「怎麼會這樣」這種質問般的嚴厲語氣。這會讓對方受傷、心情大受影響，或是因為反彈而失去幹勁，因而說謊，導致事情更加惡化。

類似這樣的狀況，有很多不同的說法可以用。若以樂理的強弱記號來比喻的話，就像是從「極強」(fortissimo) 到「極弱」(pianisissimo) 一樣，中間的範圍很廣。以英語的禮節來說，基本上要以「自己」做為主語。比如說像下面這樣表達：

I was expecting to receive it yesterday. Can you tell me why that didn't happen?
（我原本預期昨天會收到，可以告訴我為何這事沒發生嗎？）

這樣問的話，對方應該就會比較願意說明遲交的原因了。這話並沒有責備對方的意思，也不會造成對方受傷或心情受影響。

在職場中，一直沉溺在過去的事情裡是沒有意義的。重要的是，如何讓對方產生勇往直前的幹勁。假如在講完上述的句子後，再接著講下面的句子，對方除了會把事情講清楚之外，下次應該也會準時交件。

I would be very happy to wait for another three days, if you have a good reason.
（假如你有正當理由，我願意再等三天時間。）

再舉個例子。假如你想和一個不怎麼熟的人說：「請不要這樣」，英語該怎麼說呢？如果像在校時學到的，直接用「Stop it」這類字眼，對方可能會覺得「你沒資格這樣命令我」，氣到和你吵架吧？就算是講「Don't do it.」，也會傷到對方。即使再加個 please，用比較客氣的說法也一樣。

我個人最喜歡的說法是：「I wouldn't do it.」，意思是「如果我是你，我不會那麼做」。講個題外話，像這類帶有委婉意味的說法，也適用於女性拒絕男性邀約時。假如直接回答：「Don't do it」，很可能會傷到男性，這時如果用：「Not today」（今天不行），就能委婉地閃避了。這麼講才是顧及男性自尊的「正確拒絕方式」。

此外，在指示部屬「希望你在星期三之前交出這份報告」時，很多人可能都是將母語直譯為英文，變成「Please turn in this report by Wednesday.」。但是，在全球化的商場中，這句話聽起來，會像是居於上位的人命令部屬一樣。這時，還是應該用比較迂迴的說法，像是「If it's possible, I would like to see this report by Wednesday.」。也就是把「I」當成主語，表達「可以的話，我希望能在星期三之前看到這份報告」。

採用這種說法，就不會讓對方覺得你是單方面命令他，也給對方提出不同意見的空間。部屬聽了就知道：「主管雖然嘴上說希望在星期三之前看到報告，但是不是在那之前交出去，還是由我自行判斷。」這時，他可以向主管表達自己的狀況，像是「就算再努力趕，最快也要星期五才能完成。能不能星期五交？」雙方也就可以繼續討論下去了。

不過，很多狀況並不是對方怎麼講，就能照做。這時可以告訴對方：「好的，最終截止日訂在星期五沒關係，只是這個部分，我在星期三之前非得用到不可，要請你先交！」我想對方應該也會配合。

亦即，重點在於，不要單方面用命令的，而是在既定的流程下讓對方參與，也就是雙方是以夥伴關係在「商量」。

光靠直譯母語，絕對不可能譯得出這種句子來。基本上，譯出來的句子都會變成以「You」為主語的直截了當說法，而不是以「I」為主語的微婉說法。因此，許多人在用英文談判或談生意時，往往會惹得對方生氣，或是影響到對方的心情，因而搞砸。

由此可知，在商場中，直譯的英語不但完全派不上用場，而且絕大多數都會造成負面作用。那麼，該怎麼學習，才能學會道地而實用的英語能力呢？這次我之所以要策劃、出版這本書，就是為了回答這些問題。

◆英語是基於人與人的交談，而非主管與部屬的交談

在商業英語中，重要的不是「能夠說上話」，而是「能創造出成果」。因此，我們必須懂得能創造成果的表達方式。大家常以為，在英語中都會明確講出「Yes」、「No」，其實不然。英語中有它的深意與語意上的微妙差異，要表達同一個意思，可以有幾十種說法。在商業情境中，必須視時機、地點與場合的不同，選擇不同的表達方式。

這樣的英語，和有如符號般直譯的英語有如天壤之別。但許多人卻絲毫不顧時機、地點與場合，直接就用了「Explain to me.」或「Don't do it.」的直譯英語。根據我的經驗，英語程度不上不下的人，往往在海外經營事業都會失敗，最大的原因就在這裡。直譯的英語無論再怎麼熟練，都無法表達出深意以及語意上的微妙差異，往往會傷害到對方的情感，或是引發反彈。而且，很多東西不是直譯的英語可以表達出來的。要想克服這樣的障礙，唯有多學習商場第一線常用、且足以表達出深意或語意上微妙差異的英語，然後慢慢吸收內化、納為己用。

此外，我也必須告訴各位，有些國內的商業習慣，在海外並不適用。

以日本來說，只要和工作有關，主管往往可以對部屬講任何話（性騷擾與權力威脅除外）。但是在先進國家，就算雙方是主管與部屬的關係，仍舊是以「人與人」的關係為大前提，必須謹記以對等關係和人交談。而且，在一些發展中國家，假如以上對下的口氣命令部屬，對方可能會想起過去的殖民時代，甚至是奴隸制度，很可能因而激起他們的不滿。所以，還是要以對等的角度交談，而不是以主管與部下的關係往來。

我非常希望那些想要在全球活躍的上班族，可以學會「能創造出成果的英語」，所以才在這樣的想法下，在我擔任校長的商業突破（BBT）大學開設「實用商業英語講座」（Practical English for Global Leaders ／ PEGL）的公開講座。此課程分為「初級課程」、「中級課程」、「高級課程」三個階段。

初級課程差不多是多益 450 分以下的水準，授課目標在徹底鍛鍊單字、發音、文法等領域的基礎能力，讓學生能夠自在地講英語而不至於害羞，就算只是簡單的句子也無妨。學生可學到「聽、說、讀、寫」的基礎能力，培養出足以明確傳達己意的基本商業英語能力。這可以算是在「鍛鍊自己的英語肌肉」。和從事體育活動時，為求有好的表現，需要最低限度的肌肉訓練一樣。

中級課程大概是在多益 450 到 700 分之間的程度。在這個階段要學的是能夠圓滿溝通的措詞、語意間的微妙差異與表達方式，以及在和價值觀不同的外國人一起工作時，必須具備的思維。在英語能力上，要追求的是強化自己的「產出」，學會把自己的想法確切表達、傳遞給對方的溝通能力。

在這個階段，「合邏輯」的表達方式很重要，亦即要慢慢學會一些讓對方聽了會覺得「原來如此」的措詞。

在表達事情時，要用對順序才能讓對方容易理解。例如，「我認為應該從小學開始就把英語列為必修科目，原因是這個和這個」，也就是先講結論，再陳述原因。這不但是學英語時必須學會的，就連是熟悉的母語，也一樣要接受這樣的訓練。

高級課程大概是多益 700 分以上的程度。這階段的重點在於提升實踐能力，學會做簡報等上班族必須具備的英語溝通技巧。此外，也要以英語學習解決問題、行銷、會計、經營策略等知識，養成身為全球領導人才應有的邏輯思考力與問題解決力。

另外，也要學會如何控制與理解對方的「情感」，建立人際關係。畢竟情感不是光靠邏輯就管用的。例如，在公司業績惡化、非得裁撤國外工廠的員工時，要如何和當地人溝通、達成目的？這是非常困難的挑戰。如果只靠中級課程中學到的「合邏輯」的英語，很容易招致不滿。

例如，「我現在面臨如此如此、這般這般的難關，實在很想和各位一起成為命運共同體，奮戰到最後。但如果你們站在我的立場，會怎麼做？如果你們有好意見，請告訴我！」以類似這樣的措詞，把最難以出手的事，設計成讓對方提出意見的情境。這種層次的問題，自然會需要接受比中級課程還深入的訓練，提升語言之外的問題解決能力。

根據我的觀察，在這門「實用商業英語講座」中認真學習過的學生，通常只要一年時間，商業英語能力就會有長足的進步。因此，許多希望員工英語能力進步的大企業，都紛紛在教育訓練中納入這門講座。前面提過那種明明多益拿了 850 分以上，在用英語談判或談生意時卻自信全無的上班族，多數在上過一年的課程之後，在工作上都「能創造出成果」。

◆商用英語精華盡在書中

這本書是從「實用商業英語講座」的初級、中級、高級課程中所挑出「此刻馬上可用」的精華內容，分別收錄在三個章節中。

在第一章「商場上立即管用的四十個關鍵單字和常用對話」中，我們設定了十種商業情境，並從中級課程「上班族的英文單字講座」（講師：關谷英里子）中，為各種情境挑選好用、關鍵的四個單字。這些情境包括「開會」、「做簡報」、「推動專案」、「提出報告」等。最重要的是，與其死背坊間單字表中那些很少用得著的字眼，還不如先記住這些馬上在商場中派得上用場的單字。我們還介紹了運用這些單字在內、可供應用的商場常用句子。

在第二章「從失敗情境中學會英語談判的訣竅」當中，我們從中級課程的「全球經理人的思維與技能」（講師：船川淳志）講座，依照外國人容易誤用的「失敗情境」，教你在商場第一線經常使用的表達方式。那些多少懂一點英語、卻還是出錯的人，基本上都有類似的問題。有的是表達方式不得體，有的是缺乏與外國人共事的常識（亦即全球思維）。本章的重點除了介紹「適切的措詞」之外，還介紹了「身為上班族應該抱持的觀察角度和態度」等等。

在第三章「你能有禮貌地表達這些事情嗎？&懂得怎麼寫禮貌的信件嗎？」當中，把商場第一線的禮貌表達分成三個部分介紹。

第一個部分「文法正確的禮貌說法」，是從初級課程的「Grammar for Business Pople」（講師：狩野みき）講座當中，精選合乎文法的禮貌表達方式，提供給上班族交涉、溝通的實用技巧。

接下來的「學會禮貌表達的訣竅」是從中級課程的「One Point Lessons」（講師：大前研一）講座，挑選出我設想的常見商業情境，教大家把語意的微妙差異表達出來。

最後的「如何寫合乎禮貌的郵件」則是從中級課程的「實用・英文電子郵件的正確解法」（講師：松崎久純／但現已更動為「為上班族準備的英文電子郵件講座」）講座當中，把撰寫英文郵件時應有的常識介紹給各位。用自己母語寫的時候也是一樣，我們經常會在郵件中不小心寫了和自己的想法相反的內容，在短短幾秒的時間裡，就傷害到對方的情感。更不用說那些亂寫一通、把讓對方感到失禮的字詞都寫進去，因而出包的英文郵件了。這種例子不在少數，我希望各位能在這一章節中學會如何寫出有禮而漂亮的英文郵件。

我很期待有更多上班族在看過這本書之後，學會「能創造出成果」的英語能力，進而成為活躍於全球的國際人才。

Chapter 1

商場上立即管用的四十個關鍵單字和常用對話

講師：関谷英里子

Chapter 1 第一章的使用方法

本章要介紹的是在各種商業情境中好用的英文單字，但絕不是什麼很難的單字。

商業會話不同於日常會話，必須在對話當中讓對方產生「這個人的工作很有成果」、「這個人似乎工作很積極」、「和這個人共事，似乎會很順利」這類的感受。假如光靠在校時期學到的直譯式英文，是不可能做到的。各位只要記住在本章介紹的單字與句子，必定能受到工作夥伴的信賴，學會促成工作成果的溝通能力。

本章設想了「開會」、「簡報」乃至於「報告」等十種情境，並且各介紹了四個關鍵單字。

每個單字有左右兩頁，首先請在左頁了解單字所代表的意思，或是語意上的細微差異。右頁上方的「可以這樣用！」則是設想實際開會時常用的對話。請一面想像情境，一面發出聲音讀出來。右頁下方的「再多學好用的句子！」則介紹使用了該單字的簡單句子。雖然不長，但都是商場中必定用得著的句子，請各位反覆出聲，多讀幾次。本章是以簡單句子為主要內容，第三章還會說明一些說話得體的訣竅，請各位搭配學習，把更實用的表達方式真正融會貫通。

解說單字的意思以及
語意上的細微差異

設想實際商業情境的
對話內容

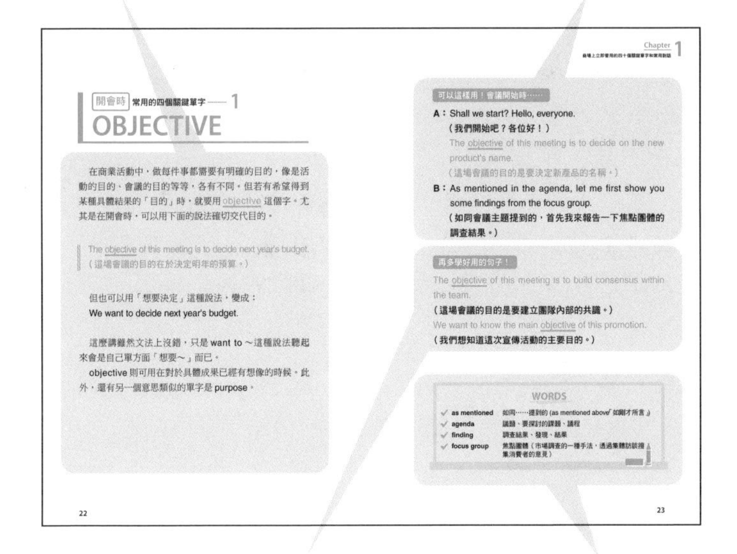

開會時 常用的四個關鍵單字——1

OBJECTIVE

在商業活動中，做每件事都需要有明確的目的，像是活動的目的、會議的目的等等，各有不同。但若有希望得到某種具體結果的「目的」時，就要用 objective 這個字。尤其是在開會時，可以用下面的說法確切交代目的。

The objective of this meeting is to decide next year's budget.
（這場會議的目的在於決定明年的預算。）

但也可以用「想要決定」這種說法，變成：
We want to decide next year's budget.

這麼講雖然文法上沒錯，只是 want to ～這種說法聽起來會是自己單方面「想要～」而已。
objective 則可用在對於具體成果已經有想像的時候。此外，還有另一個意思類似的單字是 purpose。

22

Chapter 1

可以這樣用！會議開始時……

A：Shall we start? Hello, everyone.
（我們開始吧？各位好！）
The objective of this meeting is to decide on the new product's name.
（這場會議的目的是要決定新產品的名稱。）

B：As mentioned in the agenda, let me first show you some findings from the focus group.
（如同會議主題提到的，首先我來報告一下焦點團體的調查結果。）

再多學好用的句子！

The objective of this meeting is to build consensus within the team.
（這場會議的目的是要建立團隊內部的共識。）
We want to know the main objective of this promotion.
（我們想知道這次宣傳活動的主要目的。）

WORDS

- as mentioned 如同……提到的 (as mentioned above「如剛才所言」)
- agenda 議題、要探討的課題、議程
- finding 調查結果、發現、結果
- focus group 焦點團體（市場調查的一種手法，透過集體訪談搜集消費者的意見）

23

匯整了使用
該單字的「常用句子」

其他可以一起
學會的單字

講師介紹

関谷英里子

日本通譯服務公司代表人。橫濱出身，自慶應義塾大學經濟系畢業後，曾在伊藤忠商事、日本萊雅從事第一線英語談判工作。其後自立門戶，曾擔任美國前副總統高爾、達賴喇嘛十四世等一流演說家的同步口譯。2011 年 4 月起成為 NHK 廣播節目「入門商業英語」講師。著有《那句英語，改成這麼講可就迷人了！（暫譯）》（青春新書 Intelligence 出版）、《徹底顛覆你學英語的方式：同步口譯者的腦袋（暫譯）》（祥傳社出版）、《把國中英語活用在商業中的三大規則（暫譯）》（NHK 出版）等書。

開會時 常用的四個關鍵單字 ………… 1

OBJECTIVE

在商業活動中，做每件事都需要有明確的目的，像是活動的目的、會議的目的等等，各有不同。但若有希望得到某種具體結果的「目的」時，就要用 objective 這個字。尤其是在開會時，可以用下面的說法確切交代目的。

The objective of this meeting is to decide next year's budget.
（這場會議的目的在於決定明年的預算。）

但也可以用「想要決定」這種說法，變成：

We want to decide next year's budget.

這麼講雖然文法上沒錯，只是 want to ～這種說法聽起來會是自己單方面「想要～」而已。

objective 則可用在對於具體成果已經有想像的時候。此外，還有另一個意思類似的單字是 purpose。

可以這樣用！會議開始時……

A： Shall we start? Hello, everyone.
（我們開始吧？各位好！）
The objective of this meeting is to decide on the new product's name.
（這場會議的目的是要決定新產品的名稱。）

B： As mentioned in the agenda, let me first show you some findings from the focus group.
（如同會議主題提到的，首先我來報告一下焦點團體的調查結果。）

再多學好用的句子！

The objective of this meeting is to build consensus within the team.
（這場會議的目的是要建立團隊內部的共識。）
We want to know the main objective of this promotion.
（我們想知道這次宣傳活動的主要目的。）

WORDS

- ✓ **as mentioned** 如同……提到的 (as mentioned above「如剛才所言」)
- ✓ **agenda** 議題、要探討的課題、議程
- ✓ **finding** 調查結果、發現、結果
- ✓ **focus group** 焦點團體（市場調查的一種手法，透過集體訪談搜集消費者的意見）

開會時 常用的四個關鍵單字 ………… 2

FACILITATE

開會時，常會用到 facilitate 這個字。它原本的意思是「使容易」、「使輕鬆」、「促進」等等。

歐美人士的會議都有進行的規則，召集會議的人稱為 owner，主持會議的人稱為 facilitator。一般來說，都要先釐清會議的目的、希望得到的結果，以及與會者各自的角色後，才會開始開會。

> He did well in facilitating the meeting.
> （他把會議主持得很好。）

要稱讚主持人有本事，可以用如上的說法。請務必把這句話記下來。

同樣要講「把會議主持得很好」，或許有人會想到以下說法：

He did the meeting well.

但這個句子聽起來就像是他自己一個人在開會，讓人覺得很怪。

可以這樣用！開會前商議時……

A： Since this is your first time as a facilitator, I just wanted to go over your role. What would you say your role is in this meeting?
（這是你第一次主持會議，我只是想確認一下你扮演的角色。你認為自己在這會議中的角色是什麼？）

B： My role is to facilitate the discussion between the two groups. I have a list of questions with me.
（我的角色是促使雙方之間能夠順利討論。我已經準備一份提問清單了。）

A： That's great.
（那太好了！）

再多學好用的句子！

She is a great facilitator.
（她是很棒的會議主持人。）

She was very good at facilitating discussions between the two groups.
（她成功讓雙方充分討論。）

WORDS

- ✓ **go over** 回顧、確認、檢視、複習
- ✓ **role** 角色、職責、職務、任務

開會時 常用的四個關鍵單字 ………… 3

CLARIFY

在商場中，將不明確的事確認清楚是非常重要的。而如果要將容易引起誤解的事說清楚時，可以用 clarify 這個字。這個字很好用，在會議等場合中，要總結自己所說的話時，也可以用這個字；希望別人把他們所講的內容「再講清楚一點」時，也可以用這個字。

Let me clarify my point. First, ～
（讓我闡明一下我的觀點。首先，～）

希望別人把他們的發言內容講得更清楚時，可以這樣說：

Could you clarify what you're proposing?
（能否請您清楚說明您的主張？）

多數人碰到外國人用英語問自己：「能不能講明確些」時，很容易會擔心「是不是我剛才的說法哪裡有問題」。其實，這不過是歐美人在商場中希望對方「解釋得更清楚」時常見的用法。就算有人這樣問你，也不用害怕，只要把重點再向對方說明一次。

可以這樣用！與往來對象開會到一半時……

A： We have a wide range of services, and there are many options you can choose from.
（我們的服務項目很多元，並且能提供您許多選擇。）

B： Could you clarify what you're proposing? Which do you think is the best for us?
（能否再詳細說明你們提供的服務內容？而你覺得哪種服務最適合我們？）

再多學好用的句子！

Could you clarify your point?
（你能否把你的想法解釋得更清楚？）

We hope to clarify some points before we sign the contract.
（在簽約之前，有幾個地方我們希望能再釐清一下。）

I am here to clarify any points that are still unclear.
（假如還有不清楚的地方，我可以為您說明。）

WORDS

- ✓ **propose** 提議、計畫
- ✓ **range** 範圍、領域、幅度
- ✓ **option** 選項、選擇
- ✓ **contract** 契約

開會時 常用的四個關鍵單字 ………… 4

RESERVATION

很多人應該都知道 reservation 這個字指的是「預約」餐廳或飯店，但它其實也有「持保留態度」的意思。要表達對某件事或想法感到有一點掛心或擔心時，可以用這個字。這是在商業場合中常用的字，務必學起來。

例如，開會時可以像這樣使用：

> I have reservations about this plan.
> （**我對這項計畫持保留態度。**）

而要表達「我覺得這項計畫行不通」時，可以這樣說：

I don't think this will work.

但這話聽起來比較不是擔心的感覺，而是已經認定「行不通」。此外，如果用這樣的說法：

I don't like this plan.

會讓周遭人產生你在工作中是以一己好惡決定事情的印象，這一點務必注意。

在開會等場合要表達自己的掛慮時，使用 reservation 這個字是很適切的說法。

可以這樣用！在簡報後的會議中……

A： We're glad to hear you had time to take a look at our proposal.
（很高興你們有時間了解我們的提案。）

B： Yes, thank you for your presentation the other day. However, there's a reason why we asked you to come. We still have some reservations about the project.
（嗯，很感謝你們日前的簡報。不過，這次請你們來是有原因的。因為我們對這個案子仍有一些顧慮在。）

再多學好用的句子！

He seems to have reservations about this decision.
（他對這個決定似乎持保留態度。）

We have some serious reservations about the project.
（我們對於這個案子仍有幾個相當疑慮的地方。）

WORDS

- ✓ **take a look** 看看
- ✓ **reason** 理由、根據
- ✓ **seem to ～** 似乎～
- ✓ **serious** 重大的、嚴重的、認真的
（serious reservation「甚感掛慮」；
前面加上形容詞可表達出掛慮擔憂的程度）

簡報時 常用的四個關鍵單字 ………… 1

SHARE

開始做簡報時，先交代自己這次準備講什麼主題很重要。特別是對必須到國外做簡報的高階主管，有個單字很好用，那就是 share。share 除了有「分擔」「均分」的意思外，也有「共享」的意思，可用來表達把自己的意見和對方共享的心情。

在簡報等場合中，開場講話時，可以採用以下的說法：

> Let me share with you some key factors.
> （請讓我和各位分享幾個關鍵因素。）

要告訴對方事情時，很多人可能會照著學校學到的 I will tell you ～，或是 I will say ～的說法。但 tell 與 say 代表著「說」的意思，會給人一種「單方面告知」的印象。例如：

I will tell you some key factors.

這樣的說法會傳達出「一味自己講，強迫對方聽」的感覺。假如在簡報這類場合，想和很多人分享自己的想法時，建議多用 share。簡報完成後，徵求大家提問或給意見時，也可以善用這個字。

可以這樣用！在簡報最後的階段……

A： We would like to take questions from the audience. Or if you have comments, please let us know. You are welcome to share any ideas that you may have.
（現在歡迎各位提問題。或者，若有任何意見，也可以告訴我們。我們非常歡迎各位分享自己的想法。）

B： If I may, I would like to suggest one thing.
（可以的話，我想建議一件事。）

再多學好用的句子！

Let me share with you my opinion on this issue.
（我想分享一下我對這件事的意見。）

I would be happy to share my observations on this business plan.
（我很樂於分享我對這項商業計畫的見解。）

WORDS

- ✓ **factor** 要素、主因、因素
- ✓ **if I may** 可以的話
- ✓ **suggest** 給建議
- ✓ **opinion** 意見、見解、想法
- ✓ **issue** 問題、論點、刊物
- ✓ **observation** 意見、見解、觀察、注視

簡報時 常用的四個關鍵單字 ………… 2

OVERVIEW

在開始簡報之前，先簡單交代一下自己即將要講的內容概要很重要。除了簡報之外，工作中想要直接告知對方整體概況或要點時，都可以用這個單字：overview。這個字有概況、概要、概述等意思，在開始簡報前說明內容概要時常會用到。

在開始簡報時用以下說法，會給人一種頭腦清楚的感覺：

> First, let me give an overview of the project.
> （首先，我先介紹一下整個案子的概況。）

一想到「整體」，有人可能會想到 all 或是 whole 這兩個單字。但如果在簡報前，用以下句子表達「整體的概略內容」時，可就不對了：

This is all about the project.

用這種說法表達會令人不知所云，變成「這是與案子有關的一切」，沒有傳達出原本的意思。

無論簡報或開會，除了一開始先告知目的（objective）外，可以先介紹一下整體的概略內容，再進入主題，這樣可以讓所有與會人員更容易理解報告重點。

A： Would you like to start your presentation?
（你要不要開始簡報了？）

B： Let me first share with you an overview of this project.
（首先，讓我先為各位介紹一下這個案子的概略內容。）

再多學好用的句子！

Here's an overview of some changes.
（這裡是幾個變動的概要。）

Let me go over an overview of this presentation.
（讓我先概述一下這次簡報的內容。）

再補充一點

overview 的前面還可以再加不同的形容詞，呈現更多的表達方式，像是 a brief overview 就是「簡短的概述」，a general overview 就是「整體概述」的意思。

WORDS

✓ **let me ～**　讓我～

簡報時 常用的四個關鍵單字 ………… 3

REFER

簡報的時間基本上都很短，必須講濃縮過的精簡內容。為補口頭說明的不足，簡報者常會準備資料或參考文獻。簡報到一半，要告知與會者「請參閱這份資料」時，就可以用 refer 這個單字。refer to ～就是「參照～」的意思。

> Please also refer to page 30 in the catalogue.
> （請參閱目錄第 30 頁。）

想表達「請看這邊」的時候，有時可以用：

Please look at this.

這個句子在文法上雖然沒錯，但這種說法只會讓聽的人瞄一下手冊就結束了。如果希望對方好好參照內容，用 refer 這個字就會很精準。

在講這個單字時，要特別注意重音的位置，重音要放在後面的 e 上面。

可以這樣用！回答簡報的問題時……

A： Your research analysis was very helpful. I just want to know where I can find the figures.

（你的研究分析非常有用。我想知道該到哪裡找那些數據。）

B： Thank you for your question. You mean the figures I just mentioned? In that case, please refer to the chart in the appendix.

（感謝你的提問。你是指我提到的那些數據對吧？那麼請你參閱附錄中的圖表。）

再多學好用的句子！

Please refer to the handout for details.

（詳情請參閱所發的資料。）

Refer to the following page for further information.

（進一步資訊請參考下一頁的資料。）

WORDS

✓ **figure**	數據、圖形、形狀、姿態
✓ **in that case**	如果是的話、那種狀況下
✓ **chart**	圖、圖表
✓ **appendix**	附錄
✓ **handout**	會議中發放的列印稿、資料、折頁廣告單
✓ **further**	更進一步的、更多的、更深入的、此外

簡報時 常用的四個關鍵單字 ………… 4

SUMMARIZE

簡報結束前，通常會整理一下先前講過的部分。這時，可以用 summarize 這個單字來表達「總之～」、「簡單來講～」這類意思。在簡報或會議中使用這個字，可以有效吸引與會者的注意。

希望對方歸納要點時，或是想問對方「重點是什麼」時，可以用以下的說法：

Could you summarize what you just said?
（可以請你歸納一下你剛才講過的內容嗎？）

在簡報進入總結階段，想再確認簡報者報告的內容時，很多人會使用這樣的句子：

Could you say that again ？

但這樣的說法會讓意思變成：「希望你再重覆講一次同樣的東西」。

summarize 是摘要講過的內容，或是告知重點時的常用動詞。簡報時，基本上都是先像 P32，在開頭時先使用 overview（**概述**）介紹綱要，最後再以 summarize 帶出結論，請各位一定要好好學會這些單字的用法。

可以這樣用！在簡報的總結階段……

A： He will recap the important points.
（他會簡單扼要再講一次重點。）

B： Let me summarize the presentation in two points.
（我想這次簡報的內容可以歸納成兩個重點。）

再多學好用的句子！

The results of the survey can be summarized as follows: ～
（這次調查的結果可以摘要為以下的內容：～）

In this section, I will summarize the report.
（我會在這一段總結一下報告的內容。）

WORDS

- ✓ **recap** 概述、摘要（recap 是 recapitulate 這個字的簡寫，在商業場合中經常會用到）
- ✓ **result** 結果、結局、成果
- ✓ **survey** 調查、調查報告
- ✓ **as follows** 如下、如下所述

向公司外部做簡報時 常用的四個關鍵單字 ………… 1

ANNOUNCE

企業經常會發表新商品、新服務，或是人事異動的消息。這時，可以用 announce 這個字來代表「通知」、「正式發表」的意思。如果只是用 say 或是 tell 這樣的字，就無法表達出「正式宣布」的語意。尤其是企業對外部正式宣布消息時，常會使用 announce 這個字，各位務必記起來。

> We are happy to announce the launch of two innovative services.
> （我們很開心向各位宣布，敝公司即將推出兩種創新服務。）

假如腦中一想到「有兩種新服務」，就把它直接翻成英文的話，可能會講出下面的句子：

There are two new services.

這個句子在文法上雖然沒錯，但只會給人一種「新服務登場了」的印象而已。

如果希望外界感覺到「首度發表某項消息」的聲勢，用 announce 這個字會很有效果。

可以這樣用！向外界介紹新商品時

A： We're excited to hear you have a new product coming out. Congratulations!

（很興奮聽到貴公司推出了一款新商品。恭喜！）

B： Yes, thank you. It's a very exciting moment for us as well. We are pleased to announce the launch of our new product, SD500.

（是的，十分感謝。我們也感到非常興奮。很開心向各位宣布敝公司的新商品 SD500 正式上市。）

再多學好用的句子！

We expect to announce details later this month.

（我們預計這個月稍晚就會公布詳情了。）

We regret to announce that our new product has been cancelled.

（我們很遺憾宣布新產品取消上市。）

WORDS

✔ **launch**	發售、開始、推出、下水
✔ **innovative**	創新的、嶄新的
✔ **regret to ～**	對～感到遺憾、對～感到可惜

向公司外部做簡報時 常用的四個關鍵單字 ………… 2

LAUNCH

在工作上要展開新任務、成立新事業或新據點時，可以用 launch 這個字。這個字給人積極的印象，帶有「發售」、「開始」、「成立」等意思，使用這個字就能營造出一種令人期待的事情即將開始的氛圍。如果要表達「大規模展開某件事」，經常會使用這個字。

例如，在展開新事業時，會用如下的說法：

> Our company launched a new business in Indonesia.
> （我們公司在印尼成立了新事業。）

假若腦中想到「展開新事業」就直譯成英文，很可能會想到 start 或是 begin 這些字。

雖然用這些字也不能算錯，但是在商業上應該要用比較專業的說法，而 launch 是更適切而漂亮的用法。

可以這樣用！要談論今後的計畫時……

A： What plans do you have for the spring?

（你們春季有什麼計畫嗎？）

B： We are going to launch a nationwide advertising campaign in April.

（我們準備在四月推出全國性的廣告活動。）

再多學好用的句子！

We will launch a new brand in September.

（我們將在九月推出新品牌。）

She is now preparing to launch a new career as a photographer.

（她現在正準備展開新職涯，成為一名攝影師。）

再補充一點

展開新職涯（職業）時，也可以用 launch a new career 這樣的說法。

WORDS

- **nationwide** 全國性的
- **advertising** 廣告、宣傳
- **brand** 商標、品牌
- **prepare** 準備、備妥

向公司外部做簡報時 常用的四個關鍵單字 ………… 3

RELEASE

英語中要表達「發售新商品」時，常會用 release 這個字。和 launch 一樣，只要是有新東西要登場，都可以用這個字表達出期待感。例如，電影上映、新歌上市時，常會用這個字。一般來說這個字是用來表達「商品開始發售」，但釋出什麼資訊時也可以用這個字，是非常好用的單字。

若要表達發售商品，可以用如下的說法：

> This model will be released as a limited edition.
> （這個款式即將以限定版的形式上市。）

想到「上市」，或許有人會用這樣的句子：

This model will be sold as a limited edition.

這樣的說法雖然不算錯，但如果使用 release 這個字，可以給人「某種東西即將擴大展開、出現」的印象。由於這個字可以用來大張旗鼓告訴大家：「開始發售了！」各位務必學起來。

有時，也會用 press release（新聞稿）這類說法，當成名詞使用。

可以這樣用！談到發售或上映時……

A： ABC Company's film seems to be doing very well.
（ABC 公司的電影似乎反應很不錯。）

B： It was released in Japan in December and became a big hit.
（這部片在日本十二月就上映了，而且票房大賣。）

再多學好用的句子！

We decided to release a new product in November.
（我們決定在十一月推出一款新產品。）

The company released some details about their relocation.
（這家公司已發布關於搬遷的一些詳細資訊。）

WORDS

- **model** 樣式、款式
- **limited edition** 限定版
- **relocation** 搬遷、重新安置

向公司外部做簡報時 常用的四個關鍵單字 ………… 4

COMMIT

對於往來廠商或顧客，要傳達出自己很認真投入工作時，commit 這個字很好用。它是用來表達「對於～是很認真投入的」、「承諾做到～」的意思，如果想讓對方知道自己有心好好努力，可以用這個字。

在對公司外部簡報時，可以用如下的說法表達：

> We are committed to improving customer satisfaction.
> （我們致力於改善顧客的滿意度。）

不過，想表達「我們很努力」時，很多人確實都會這麼說：

We are doing our best.

這種說法給別人的印象比較不明確，無法傳達出認真做事的決心。

在商業場合中，若想精確傳達出「我們很認真地在～」，We are committed to ～會是最適切的說法。

由於在國際商業場合中，既不能理解，也不喜歡自我謙遜的表達方式，建議可以透過 commit 這個字，把「我們很認真在做」、「我們全心全意在處理」的積極態度傳達給對方知道，更能讓對方留下深刻的好印象。

可以這樣用！要向往來廠商表達自己很認真時……

A： How do you communicate with your customers?
（你們如何與顧客溝通？）

B： We are committed to providing the best customer experience in the industry.
（我們致力提供業界最佳的顧客體驗。）

再多學好用的句子！

We are committed to excellence.
（我們致力追求卓越。）

We are committed to preserving our environment's precious natural resources.
（我們承諾保護環境中的珍貴天然資源。）

WORDS

- ✓ **customer satisfaction** 顧客滿意
- ✓ **communicate** 彼此理解、溝通
- ✓ **experience** 體驗、經驗
- ✓ **excellence** 卓越、優越、優秀
- ✓ **preserve** 保存、保護
- ✓ **environment** 自然環境、環境
- ✓ **precious** 珍貴的、重要的
- ✓ **natural resources** 天然資源

宣傳公司時 常用的四個關鍵單字 ………… 1

AIM

在商場中，追求成果是理所當然的，但在那之前，先向往來廠商或顧客表達自己會「積極創造成果」，也很重要。要表達這種幹勁時，aim 會是一個很好用的單字。在你展示具體數字的目標後，想要強調「我們會力求達成目標」時，這個字就很貼切。

要提出促銷計畫給顧客時，可以這樣講：

> We aim to acquire 1 million new users.
> （我們是以獲得百萬名新用戶為目標。）

「想要獲得」如果直譯為英文，很多人可能會用 think 這個字，變成：

We thought about acquiring 1 million new users.

但是聽在對方耳裡，只會感覺到你「只是想想而已」，讓對方留下「你不太可靠」的印象。要想傳達出自己真的會力求實現目標時，應該搭配具體數字，展現出自己想要創造的成果，再用 aim 這個字傳達「力求達到」的決心，展現自己幹勁十足，這樣才符合上班族的風格。而 aim to ＋動詞原形、aim at ～ ing，或是 aim for ＋名詞，都是正確的句型。三者在語意上沒有太大差異，可以視後面接續的句子決定要使用哪一種。

可以這樣用！想建議導入新制度時……

A： It seems to me that our factory could be more productive . . .
（我覺得我們工廠的生產力似乎可以再提升……）

B： Let me show you what we have been trying out for the last few weeks. You can see that by implementing this new system, we can aim at reducing operational costs by 20%.
（請讓我報告一下過去幾週裡我們努力在做的事。在導入這套新制度後，我們可以達成刪減 20%作業成本的目標。）

再多學好用的句子！

The company is aiming for 20% profitability this year.
（這家公司今年力求實現 20% 的獲利率。）

We aim to double our revenue by implementing this new strategy.
（採用這套新策略後，我們力求把營收提升為兩倍。）

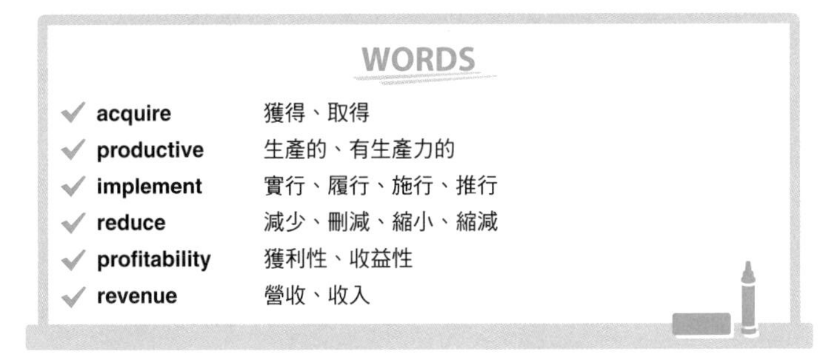

WORDS

✓ **acquire**	獲得、取得
✓ **productive**	生產的、有生產力的
✓ **implement**	實行、履行、施行、推行
✓ **reduce**	減少、刪減、縮小、縮減
✓ **profitability**	獲利性、收益性
✓ **revenue**	營收、收入

宣傳公司時 常用的四個關鍵單字 ………… 2

GENERATE

創造利潤是企業的重要目的。generate 就有「產生」、「引發」、「發生」等意思，假如再搭配有「利潤」意思的 profit 這個字，以下面的說法表達，聽起來就會很道地：

> We will generate profit.
> （我們會創造利潤。）

有些人或許會把在商業買賣中創造利潤想成「賺錢」，而使用 make money 的說法。但這只是口頭的隨性說法，generate 才是適於公務場合或商務場合的精準用法。這個字常會以 generate sales（創造銷售）、generate profit（創造利潤）、generate leads（開發潛在顧客）等形式使用，請各位務必學起來。

generate 這個字會讓聽到的人產生「有東西從內部冒出來」的感覺，可以讓對方感受到「業績很好、創造出利潤」的強烈印象。要向顧客宣傳時，是很有用的單字。

順帶一提，「發」電也是用 generate 這個字。

可以這樣用！思考促銷活動時……

A： We need more sales to achieve our annual sales target.

（銷售狀況必須再好一點，才能達成年度銷售目標。）

B： I know. That's why we're conducting the new promotion next week.

（我知道。所以我們下週才要推新的促銷活動。）

I'm sure this approach will generate a lot of leads.

（我相信這套做法可以開發許多潛在顧客。）

再多學好用的句子！

The company generated 10% more profit compared to last year.

（這家公司比去年多創造了 10% 的利潤。）

The chart shows a robust growth in profits generated from the company's activities.

（這份圖表顯示，該公司的活動促成利潤強勁的成長。）

WORDS

✓ **lead**	潛在顧客、銷售機會
✓ **conduct**	實施、引導
✓ **compare**	比較
✓ **robust growth**	強勁成長
✓ **company's activity**	公司的活動

宣傳公司時 常用的四個關鍵單字 ………… 3

PRODUCE

在商場中，常有機會說明自己公司經手或生產的商品。商品的英文是 product，但要以動詞表達「生產」時，則可用 produce 這個單字。要介紹自己生產的商品時，可以用下面的說法：

We produce mobile phones.
（我們生產手機。）

很多人在表達「製造～」時，可能會想到用 make 這個字。像是：

We make mobile phones.

這個說法當然不算錯，但如果老是只用 make 這麼基本的動詞，在表達時容易流於單調。而且，明明生產規模很大，卻還用 make 這個字，會給人不夠可靠的感覺。

在商業第一線要表達「生產」時，要記得用 produce 這個字。

可以這樣用！向前來視察的人說明時……

A： What is the capacity of this facility?
（這間工廠有多少產能？）

B： We produce 10,000 units annually.
（我們每年生產一萬件。）

再多學好用的句子！

We will be able to produce more parts by installing the new machine.
（安裝新機器後，我們就能生產更多零件。）

This plant produces SUVs.
（這間工廠生產休旅車。）

WORDS

- ✓ **capacity** 產能、容量、能力、資格
- ✓ **facility** 工廠、設備、設施
- ✓ **part** 零件、部分
- ✓ **plant** 工廠、設備、設施、植物
- ✓ **SUV** 休旅車（sport utility vehicle）

宣傳公司時 常用的四個關鍵單字 ………… 4

ADVANTAGE

在商場第一線，經常得宣傳公司商品或服務的優勢和特色。因此，務必學會 advantage 這個字。和外國人做生意只要講出這個字，就能讓對方知道公司商品或服務更勝他人的優點。

若有想要提的計畫，則可以用如下的說法：

> These are the advantages of proceeding with this plan.
> （這些就是推動這項方案的優點。）

表達「強項、優點」時，也常會用這樣的說法：

strong point
good point

這些說法也沒錯，但為了多增加一些詞彙，也請精熟 advantage 的用法。

另外，講到「好處、有利之處」時，有人會用到 merit 這個單字，但是在英文中，merit 這個字也有「表揚」的不同意思，使用時必須多加注意。

可以這樣用！要推銷公司的產品時……

A： We would like to show you our new system. This will enable you to visualize your cost-saving efforts.
（我們想向您展示我們的新系統。它可以讓您看出節省成本的效益為何。）

B： What would differentiate you from the other vendors?
（它和其他公司的系統有何不同？）

A： These are the advantages of our new system.
（這些就是我們新系統的優點。）

再多學好用的句子！

The advantage of this method is that it is cost-saving.
（這種方法的優點在於節省成本。）

His plan has the advantage of being less expensive than the other proposals.
（他的方案相較其他提案的優點在於價格較便宜。）

WORDS

✓ **proceed**	進行、繼續
✓ **visualize**	視覺化、可視化、想像
✓ **cost-saving**	節省成本（的）
✓ **effort**	對策、努力、奮鬥
✓ **vendor**	供應商、賣方、系統開發公司
✓ **method**	方法、方式

激勵時 常用的四個關鍵單字 ………… 1

ACHIEVE

在企業內部提升共事員工或團隊士氣是很重要的事。訂出目標後，若要鼓勵大家具備實現目標的熱情與共識，achieve 這個字很好用。這個字有達成、實現等意思，但也可以像下面以過去式舉出具體的數字，宣傳既有的成果。

> We achieved a 20% increase in sales year-on-year.
> （我們達成了較前年增加二〇%的銷售成長。）

有些人一想到「往上增加 20%」，就會用 up 這個字，講出下面的句子：

We were up by 20%.

但以英語為母語的人是聽不懂這種講法的。

此外，想到「增加」，也有人會用 increase 這個字，但在前述的狀況下，一方面也要傳達出成就感，所以還是用 achieve 比較合適。

achieve 這個字給人朝著商業設定的明確目標或目的而努力的感覺。在要詢問對方「你想要實現什麼」時，也可以派上用場。

可以這樣用！詢問欲達成的目標時……

A： What do we want to achieve by the end of this fiscal year?
（本年度結束時，我們預計要達成什麼樣的目標？）

B： We are looking into expanding the number of stores to 20.
（我們預計要把分店數擴增至二十家。）

A： Let's create a strategic plan to make this happen.
（那就來擬定落實的策略方案吧！）

再多學好用的句子！

We've achieved a gradual increase in sales.
（我們實現了銷售逐步增加的目標。）

We are here to help talented workers achieve their full potential.
（我們到此協助有資質的員工充分發揮潛能。）

What do you hope to achieve by the age of 60?
（你在六十歲以前希望實現什麼目標？）

WORDS

- ✓ **year-on-year** 與前年比、各年度的
- ✓ **fiscal year** 會計年度
- ✓ **expand** 擴大、擴增、擴張
- ✓ **strategic** 策略性的、戰略性的
- ✓ **potential** 可能性、潛在能力、潛能、能力

激勵時 常用的四個關鍵單字 ………… 2

TEAM

在商業第一線，team 這個字可以帶給人「團結解決問題」的感受。所以，若要稱讚自己的團隊時，可以用這個字，像是：

> The team worked very hard together and delivered great results.
> （這個團隊大家都非常努力工作，創造出卓越的成果。）

假如直接把「大家很努力」直譯為英文，就會變成：

Everyone tried very hard.

這在文法上並沒有錯，但用的如果是 everyone，而非 team，就無法傳達出「團結一致」的語意了，恐怕會給人一種大家分頭努力的印象，在使用上要多注意。

team 這個字可以表達出許多人都朝同一個方向努力，因此，在商業情境中經常會用到這個字。

順帶一提，成立團隊會說 build a team，加入團隊會用 join a team。

可以這樣用！稱呼工作夥伴時……

A：Your team did great!
（你們團隊做得真好！）

B：Thanks for the compliment. It was a tough road, though.
（感謝誇獎，雖然一路上困難重重。）

A：As head of the department, you must be satisfied with sales results.
（身為部門主管，你一定很滿意銷售成績！）

B：Oh, I wouldn't have been able to do this on my own. The team worked very hard together.
（喔，如果光靠我一個人是不可能做到的，主要是團隊通力合作。）

再多學好用的句子！

We have to come together as a team.
（我們必須團結起來成為一個團隊。）

Mr. Yamada will join the team next week.
（山田先生下星期會加入這個團隊。）

WORDS

- ✓ **deliver** 實現、達成、送達、配送
- ✓ **result** 結果、結局、成果
- ✓ **compliment** 稱讚、誇獎之詞

激勵時 常用的四個關鍵單字 ············ 3

DELEGATE

工作中常有如前面提到的團隊合作，也有把專案交給值得信賴的下屬，或是被主管交付任務的情況。要描述把工作「委交」某人去做的狀況，常會用到 delegate 這個單字。這個字給人不是完全丟給別人去做的感覺，而是根據彼此的互信關係「委任工作」。

例如，若採用下面的說法，接到委派的人，就會很容易爽快答應：

> I will delegate this project to you.
> （這個案子將會交給你。）

或許有人一想到「請你去做這件事」，就會直接用下面這樣的說法：

Do this.

這聽起來像是在命令別人一樣，千萬要小心使用。也有人心想要客氣交辦，於是就加上 please，變成：

Please do this.

這種說法，聽起來其實還是由上往下交代工作的失禮說法。要委託工作時，最好還是要使用 delegate 這個字，傳達出「我是因為信任你，才交給你負責」的語意。

可以這樣用！交辦工作給部屬時……

A： For the next project, I have decided to delegate it entirely to your team.
（下一個案子，我已決定全權委派給你們團隊負責。）

B： Thank you, sir. We won't let you down.
（感謝您。我們不會讓您失望的。）

再多學好用的句子！

You have to learn to delegate more.
（你應該學著多把事情委派出去。）

She did a great job handling the delegated task.
（她把交辦的工作處理得非常好。）

再補充一點

delegate a task 帶有「交辦任務」的意思。此外，delegate to ～（人）則有「委派給某人」的意思。像是如下的說法：

delegate to others（委派給別人）

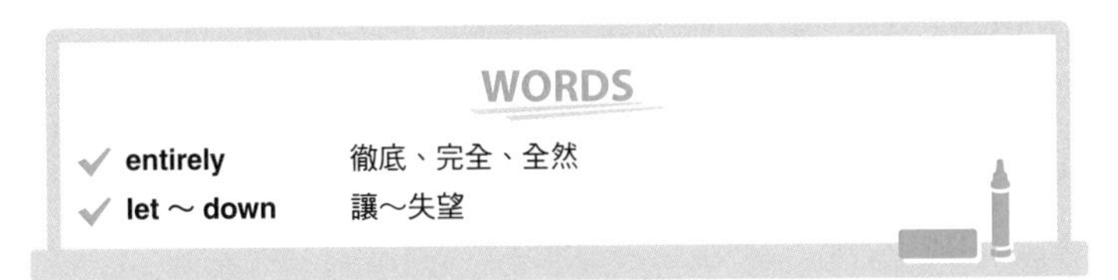
WORDS

- entirely　徹底、完全、全然
- let ～ down　讓～失望

激勵時 常用的四個關鍵單字 ………… 4

PROGRESS

若要傳達「案子進行得很順利」的想法時，progress 是最適切的字。make progress 有「進步」的意思。要向團隊或員工傳達「事業有進展」、激勵他們時，這個單字很好用。例如，像下面這樣的用法：

> We are making great progress.
> （我們大有進展。）

要表達「往前進」時，也可以用下面的說法：

go forward

move forward

這麼講在文法上並沒有錯，也確實可以表達出正在往前進，但如果太常用這樣的說法，可能會被對方認為，你只會這種幼稚的表達方式。

make progress 是商場上的得體說法，也可以表達出正在朝著目標推進的印象，請務必記得這種說法。就算只是小小的一步，懂得這種說法也能給人正面的印象。

可以這樣用！要確認案子的進展狀況時……

A： This is the revised plan that I wanted to show you.
（這是要給您過目的修正版計畫。）

B： Good work! We can see we are making progress toward the year-end target.
（做得很棒！看得出來我們正順利朝年度目標前進。）

再多學好用的句子！

The project is making steady progress.
（這個案子正穩定的進展。）

We are making progress toward the goal for this fiscal year.
（我們正朝著本年度目標前進。）

WORDS

- **revise** 修正、變更
- **year-end** 年底的、會計年度結束時的
- **steady** 穩固的、不間斷的、穩定的

意見回饋時 常用的四個關鍵單字 ………… 1

FEEDBACK

在以英語溝通的企業環境中，簡報時想要聽取意見，或是自己想講意見時，都可以用 feedback 這個字。此外，feedback 不當動詞用時，會搭配 give 這類動詞，組合成名詞使用。

要徵求他人的回饋意見時，可以用如下的說法：

> Could you give us some feedback on the presentation?
> （你能否給我們這次簡報一些回饋意見？）

當問別人「你覺得簡報做得怎麼樣」時，很多人往往會說：

What did you think of the presentation?

但這種「你覺得如何」的問法很籠統，對方的回答恐怕也會跟著籠統，回答出像是「我覺得還不錯呀」這類回覆。

如果使用 feedback 這個字，就能傳達出「希望徵求對商品或服務的意見」，是很道地的商業用語。特別是從重視顧客意見的角度來看，真的應該積極多用這個單字。

可以這樣用！收到報告時…

A：Did you have time to look at the report I sent you?
（請問您是否抽空看了我寄給您的報告？）

B：I'll send you my feedback as soon as I get back to the office.
（我一回辦公室就會盡快把我的回饋意見寄給你。）

再多學好用的句子！

Thank you for your feedback.
（感謝您的意見。）

I'm glad we got positive feedback from the users.
（很開心用戶給我們正面的回饋意見。）

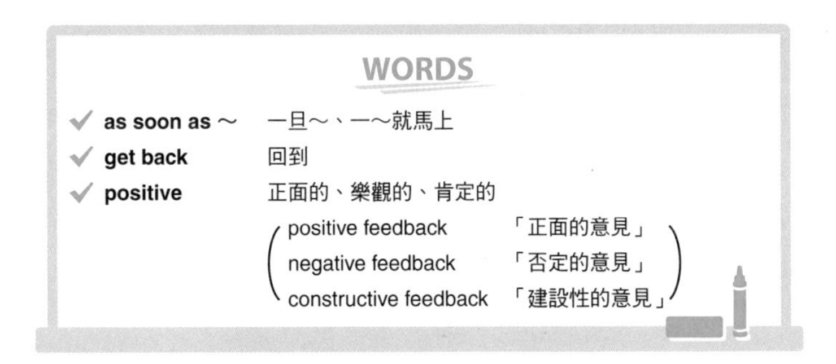

WORDS

- **as soon as ～** 一旦～、一～就馬上
- **get back** 回到
- **positive** 正面的、樂觀的、肯定的
  - positive feedback「正面的意見」
  - negative feedback「否定的意見」
  - constructive feedback「建設性的意見」

意見回饋時 常用的四個關鍵單字 ………… 2

PERFORMANCE

在工作中，必須經常掌握團隊或公司的業績。在講到「績效」、「表現」時，常會用到 performance 這個單字。在會議中報告，或是要提供回饋意見給員工或團隊時，也常會用這個字。例如，業績成長時，可以用如下的說法：

> The performance of your department is 10% higher than last year.
> （你們部門的績效比前年成長了 10%。）

很多人一想到「部門發展得很順利」，很容易會直接翻成這樣的英文：

Your department is doing well.

但這樣的說法聽起來很籠統。

使用 performance 這個字會讓人感覺很慎重，再附上具體數字，就更有力了。

此外，performance 不是只有績效的意思，在提到機器的性能，或是在人事評鑑時談到當事人的能力或績效，也常會用到這個字。人事評鑑、人事考核在英語中是用 performance appraisal 和 performance review 來表達。

「可以這樣用！要談績效時……」

A： Did you want to discuss something with me?
（你是不是想和我談什麼事？）

B： I'm afraid your department is showing disappointing performance.
（我擔心你們部門的績效令人失望。）
I wanted to discuss how you're planning on turning things around.
（我是想和你討論，你對於改善績效有何計畫？）

再多學好用的句子！

What can we do to improve our performance?
（我們能做什麼來改善績效？）

Could you give us an update on the quarterly performance?
（你能不能提供我們這季績效的新資料？）

We are seeing strong performance in the mobile application sector.
（我們看到手機申請部門表現亮眼。）

WORDS

- **department** 部門、單位
- **appraisal** 評鑑
- **disappointing** 遺憾、令人失望
- **improve** 改善、提升、回復、增加
- **quarterly** 每季的、季刊的

意見回饋時 常用的四個關鍵單字 ………… 3

RESULT

職場上除了重視過程，也很看重事情有沒有結果。常一方面要員工努力工作、力求表現，一方面將結果回報給員工和團隊。陳述結果時，就可以用 result 這個字。如下所示，在 result 前面再加上形容詞，就能夠用來表達各式各樣不同的結果。

> The annual results show significant improvement in sales.
> （今年的結果顯示，銷售呈現顯著的成長。）

好的結果就用 great results、impressive results，令人失望的結果就用 disappointing results。

這個單字帶有「想要得到、努力過後真的實現了」這種正面的語意在內。在職場中，可以多用這個字去表達這樣的意思。

result 的名詞和動詞拼法都相同，當成動詞時，常會用 result in ～的形式，有「產生」、「引發」、「導致～的結果」等意思。要向主管報告自己的成果時，這個片語很方便，務必趕快熟用這個單字。

可以這樣用！構思改善對策時……

A： Our market share has been shrinking for the last three years.
（過去三年間，我們公司的市占率逐漸在縮小。）

B： We have to do everything we can to achieve results!
（我們必須盡一切可能創造成果！）

A： First, let's go through the figures to analyze the current situation accurately.
（首先，一起來檢視一下數據，以求精確分析現況。）

再多學好用的句子！

Our campaign resulted in a big success.
（我們的活動最後大獲成功。）

I made 500 calls to companies, which resulted in 25 new leads.
（我打給五百家公司，最後找到二十五家潛在客戶。）

WORDS

- ✓ **annual** 每年一次的、每年的、例年的、按年的
- ✓ **significant** 顯著的、重要的
- ✓ **improvement** 改善、改良、提升、進步
- ✓ **shrink** 縮小、萎縮
- ✓ **go through** 調查、檢視～、通過、擴大～
- ✓ **figure** 數據、圖形、形狀、姿態
- ✓ **accurately** 精確地
- ✓ **lead** 潛在顧客、銷售機會

意見回饋時 常用的四個關鍵單字 ………… 4

FOCUS

在商場上，該專注在什麼事情上影響重大。要表達公司致力發展擅長事業時，常會用到 focus 這個字，尤其常以 focus on ～這樣的型態出現，例如：

We will focus on research and development this year.
（今年我們會聚焦於研發上。）

說到「致力於～」的時候，有些人會想到「只做這件事」，然後直接直譯為「just do」。

We will just do research and development.
（我們只做研發。）

這句話在文法上雖然沒有錯，但這種說法會讓人覺得，是不是只做研發，其他什麼事都放著不管了？

想對員工表達「請集中心力把一件事做好」時，也可以用 focus 這個字。假如在給予回饋意見或下達指示時，用 Do this first 這樣的說法，聽起來會變成「我要求你先做這件事」，像是命令，語氣嚴苛，很容易讓員工的士氣低落。

可以這樣用！指示部屬做事的優先順序時……

A： I'm swamped with work. I really have no idea where to start.
（工作事項太多，我真的不知該從何著手。）

B： Focus on this task first. The others can wait.
（先集中心力把這件事做好，其他事可以稍後處理。）

再多學好用的句子！

You need to focus on your task.
（你必須集中心力在工作上。）

We need to focus our efforts on getting the work delivered on time.
（我們必須力求準時完成工作。）

WORDS

✓ **research and development**	研究開發（R&D）
✓ **swamp**	淹沒、蜂擁而至、湧現（swamped with ～「～太多而忙碌」）
✓ **effort**	努力、奮鬥
✓ **on time**	按時、準時

推動專案時 常用的四個關鍵單字 ………… 1

DEVELOP

工作中經常會需要制定計畫、開發系統與商品。要描述這些活動的進度時，最適切的表達方式就是使用具有「開發」、「使發展」等意思的 develop。這個字隱含著這項工作「很花心力」、「困難重重」，像是 develop a system（開發系統）、develop a program（開發程式）等等。

We have to develop a new rating system.
（我們必須開發新的評等系統。）

如果直接把「做」這個字翻成英文，可能會想到以下的句子：

We have to make a new rating system.

用 make 這個字在文法上並沒有錯，但如果老是只用 make 這個字，會使你的英語只有一種表達方式。

大家還是學會用 develop 這個字，說起話來才像個國際化的商務人士。這個字和 skill 很搭，像是 develop your skills（培養你的技能），在日常會話中也常使用。

可以這樣用！要重新擬定計畫時……

A：The figures show that our customers are not responding to the promotion.
（數據顯示，顧客對於促銷活動的反應似乎不太好。）

B：We have to develop a new plan.
（我們得再擬定新計畫了。）
Let's have a brainstorming session this afternoon.
（今天下午我們來腦力激盪一下吧。）

再多學好用的句子！

We have to develop a framework that works.
（我們必須設計一套管用的架構。）

We are constantly developing new ways of simplifying our business process.
（我們一直在設想簡化業務流程的新方式。）

WORDS

- rating 評鑑、評分、排名
- respond to ～ 回應～、因應、回答
- constantly 不斷、經常
- simplify 單純化、簡化

推動專案時 常用的四個關鍵單字 ………… 2

EXECUTE

execute 這個字有「實行」、「進行」的意思，但它不純粹只是「執行」，也帶有「根據思考執行」、「徹底實施」等意思在內，也就是有「貫徹到最後」的堅強意識。

如下面的例句所示，「執行一項／某項計畫」是用 execute a/the plan 這樣的說法。

> We will execute the plan from Monday.
> （我們會從星期一開始執行該計畫。）

如果以為要表達「執行某項計畫」就要用 do 這個字，說成「do the plan」，意思就不對了。

而且，執行什麼事情時，如果都用 do，會給人一種很不成熟的印象。在商場中，execute 才是適切的字眼，務必熟用這個字。

順帶一提，它的名詞是 execution（執行、履行），像是 execution plan（執行計畫）。

可以這樣用！要研究新商品的促銷計畫時……

A： What do we have scheduled for the new product, ST6?
（針對新產品 ST6，我們有什麼規劃？）

B： We are planning to execute a nationwide promotion.
（我們計劃要推動全國性的促銷計畫。）

A： Great. Walk me through the plan.
（很好。照順序把計畫內容講給我聽。）

再多學好用的句子！

This restructuring plan will be executed in May.
（這項重整計畫將於五月執行。）

This strategy will be executed from Monday.
（這項策略將於星期一起實施。）

The company executed the strategic plan announced last year.
（這家公司已執行了去年發表的策略計畫了。）

WORDS

- ✓ **nationwide** 全國性的
- ✓ **walk（人）through ～** 依序告訴～（人）、依序說明
- ✓ **strategy** 策略、戰略

推動專案時 常用的四個關鍵單字 ………… 3

PROMOTE

工作中常常必須推動專案，具有「推進」、「促進」等意思的 promote 就很常派上用場。它可以表現出積極的態度，讓人感覺到一股推進的力量。例如下面這樣的句子：

> Let's promote this service through word of mouth.
> （我們來透過口碑推展這項服務吧。）

promote 也帶有一種「促使」某件事發生或取得進展的意思。但是，這個字不只有促銷或宣傳的意思，表達啟蒙或啟發時，也常會用 promote。

它的名詞是 promotion（推進、促進），sales promotion（促銷）常出現在商業場合中。

此外，promotion 有時也有「升遷」的意思。get a promotion 就是「升職」。

可以這樣用！規劃促銷活動時……

A： How are we going to sell the new coffee beverage?
（我們要如何銷售新款的咖啡飲品？）

B： We will promote this product through outdoor campaigns and the web first.
（我們會先透過戶外活動與網路來促銷這項產品。）

再多學好用的句子！

Our section is working on a campaign to promote brand awareness.
（我們部門正在推動促進品牌認知度的活動。）

We were discussing the sales promotion plan for next year.
（我們討論的是明年的促銷計畫。）

She got promoted yesterday.
（她昨天升職了。）

WORDS

- **word of mouth** 口碑
- **beverage** 飲料、飲品
- **outdoor campaign** 戶外活動
- **awareness** 察覺、認知、自覺

推動專案時 常用的四個關鍵單字……4
EXPAND

要將事業逐步發展下去，就必須「擴張」、「擴大」。expand這個字很適合在各種不同的商業情境中表達「擴張」範籌或領域，像是擴充業務內容、擴增商品種類、擴大發展事業的區域等等。雖然這個字的意思是規模變大，但也帶有「發展」、「展開」的語意。在擴大區域時，可以用如下的說法：

We intend to expand our business into China.
（我們打算將事業版圖擴增至中國。）

如果要表達「我們想去中國」，很多人或許會想到這樣的句子：

We want to go to China.

但這種說法會給人「我們只想去中國」的感覺。

假如是以本國為據點，再從本國將事業擴大到其他地區，應該要用expand這個字，才能傳達出實際的狀況。在談論商業或經濟上的發展時，可以多用這個字。順帶一提，「擴大市場」是expand the market。

可以這樣用！討論事業的未來發展時……

A： Where do you see us in the next two years?

（你覺得我們公司未來兩年的展望如何？）

B： We want our services to expand to serve the entire country.

（我希望我們的服務能擴大到遍及全國。）

再多學好用的句子！

Our competitor has expanded its market share by 10% over the last year.

（我們的競爭對手去年擴大了 10% 的市占率。）

We are planning on further expansion.

（我們正計畫要進一步擴大經營。）

再補充一點

expand 的名詞形是 expansion，有擴大、增大、擴張、發展的意思。例如，the expansion of a city 意思是「都市的擴建」。

WORDS

- ✓ **intend to** 打算～、想要（做）～
- ✓ **entire** 整體的、全部的
- ✓ **competitor** 競爭者、競爭對手
- ✓ **further** 進一步的、接下來的、更深入的、此外

克服困難時 常用的四個關鍵單字 ………… 1

CHALLENGE

在工作中碰到問題時，當然應該積極面對。而 challenge 這個字可以表達出「挑戰」困難的意思。克服了障礙，就是團隊成長的好機會，所以，只要像下面這樣表達，問題就不再只是擋住去路的障礙，而是讓人「想要挑戰與克服的動能」。

> We are facing a big challenge.
> （我們正面臨一大考驗。）

很多人表達「我們正面臨一大問題」時，會用以下的說法：

We are facing a big problem.

這麼說在文法上雖然沒錯，但 problem 這個字會給人一種負面印象，讓聽的人會覺得是「很棘手的問題」。

假如把 problem 換成 challenge，就能傳達出「挑戰」的積極感覺，讓人感受到「果敢克服障礙」的積極氛圍。職場中常會用到「問題」這個字，但用英語表達時，不要用 problem 來表示，應該改用 challenge 這個字。不過，challenge 當動詞用時，往往有「提出異議」的意思，使用時要多留意。

可以這樣用！發生問題時……

A：This may be more of a challenge than I thought.
（這問題或許比我原本想像的還具有挑戰性。）

B：Let's see how we can solve this.
（一起來看看我們能怎麼解決。）

再多學好用的句子！

That's a challenge.
（那是個挑戰。）

I like facing challenges.
（我喜歡面對挑戰。）

He challenged an expected notion of business.
（他對既有的商業概念提出質疑。）

WORDS

- face 面對、面臨
- solve 解決、釐清、解開
- notion 概念、見解

克服困難時 常用的四個關鍵單字 ………… 2

ISSUE

每當碰到問題、面對困難時，假如都只用代表「麻煩」的 problem 這個字，會給對方一種負面印象。如果問題沒有像 challenge 那麼艱難，只是想表達「議題」，不妨使用 issue 這個字。這個字代表著應該彼此討論的議題或問題，也帶有「非得馬上因應不可」的意思。

例如，可以用下面這樣的說法：

> We need to talk about this issue.
> （我們應該要討論一下這個議題。）

碰到上述情境時，多數人多半會直接把「問題」轉換成英語中的 problem，變成：

We need to talk about this problem.

但如前面提到的，一旦使用 problem 這個字，對方可能一開始就會覺得「這是個棘手而麻煩的問題」，接下來就算討論，也可能不容易有進展。

切記，issue 這個字有「應該彼此討論的重要話題」的意思，可傳達出緊急性，透露出「希望能夠積極解決事情」的語意。

可以這樣用！討論工作團隊面對的議題時……

A： We need to do something about the operation in the plant. How can we improve the situation?
（我們必須解決廠房的營運問題。我們如何才能改善現況？）

B： I would tackle the resource issue. Our number one issue seems to lie in resource allocation.
（我認為應該處理資源的議題。我們的當務之急似乎是資源分配的問題。）

再多學好用的句子！

We must resolve the issue.
（我們必須解決這個議題。）

What would you say is the most important issue?
（你認為最重要的議題是什麼？）

WORDS

- ✓ **plant** 工廠、設備、設施、機械、裝置、植物
- ✓ **tackle** 處理、（橄欖球等運動中）擒抱
- ✓ **resource** 資產、資源、物資
- ✓ **allocation** 分配、配置、分派
- ✓ **resolve** 解決、決議、下定決心

克服困難時 常用的四個關鍵單字 ………… 3

IMPROVE

當公司或工作遭逢困難，必須改善事業內容、克服困境時，可以用 improve 這個字來表達「改進」或「提升」。此外，這個字也有「改善」、「改良」、「變熟練」等意思，可以表達出正面的態度。例如下面的說法：

> We can improve our operation.
> （我們可以改善營運狀況。）

表達「改良、改善」時，很多人都會用：

make better

或是像「Our operation can be better.」，但不論是用 be better（變好），或是 make better 都會給人籠統而抽象的印象。

improve 這個字可以傳達出「提升事物品質或價值」的意思。若再交代具體的改善內容，可以讓人留下「你很專業」的印象。

可以這樣用！在考量提升營收時……

A： We need to improve sales in order to meet the target.
（為了實現目標，我們必須改善銷售狀況。）

B： Yes, I've done some simulations for the next quarter.
（是啊，我已經為下一季做了一些模擬。）

A： The market is tough, but I'm sure there is a way.
（雖然市場狀況嚴峻，但我確信一定有可行的方法。）

再多學好用的句子！

We have to improve our work efficiency.
（我們必須提升工作效能。）

We should improve the service based on customer feedback.
（我們應該根據顧客的回饋意見改善服務。）

WORDS

- ✓ **in order to ～** 為了～、為了～的目的
- ✓ **target** 目標、標的、對象
- ✓ **simulation** 模擬
- ✓ **quarter** 一季、四分之一
- ✓ **tough** 困難的、艱難的、牢靠的、堅韌的
- ✓ **efficiency** 效率、效能

克服困難時 常用的四個關鍵單字 ………… 4

OPPORTUNITY

在克服困難後，有時會有機會到來。不過，英文的「機會」不是只有 chance 這個字。chance 也帶有「冒險、危險」的意含在內。若要表達「好機會」，最常用的字是 opportunity。可以像下面這樣使用：

> I want to take this opportunity to thank everybody.
> （我想要藉著這個機會感謝每個人。）

說到機會，大家或許會先想到這樣的說法：

I want to take this chance to thank everybody.

只是，chance 有很高的偶然性，意味著可能發生，也可能不會發生。因此，在如上的狀況中，並不適合用這個字。此外，在職場中，也應該避免使用這種意味「孤注一擲在偶然上」的用詞。

opportunity 帶有「時機成熟」的語意，也象徵著某件事發生的可能性很高。而能夠在困難中找出機會的人，在企業裡應該會有較多一展身手的空間。

可以這樣用！積極看待逆境時……

A： The research shows that consumers are reluctant to spend. They won't purchase products unless they see their value.

（這項調查顯示，消費者不願花錢。除非看到商品的價值，否則他們並不想購買。）

B： We know that it means they will spend if they see it's worth the money. We'll take this as a great opportunity for growth.

（我們很清楚，這意味著只要他們認為商品值那個價錢，他們就會買。我們會把這樣的狀況當成是成長的大好機會。）

再多學好用的句子！

This is a perfect opportunity to launch the campaign.

（這是實施這項活動的絕佳機會。）

This is such a rare opportunity.

（這是非常難得的機會。）

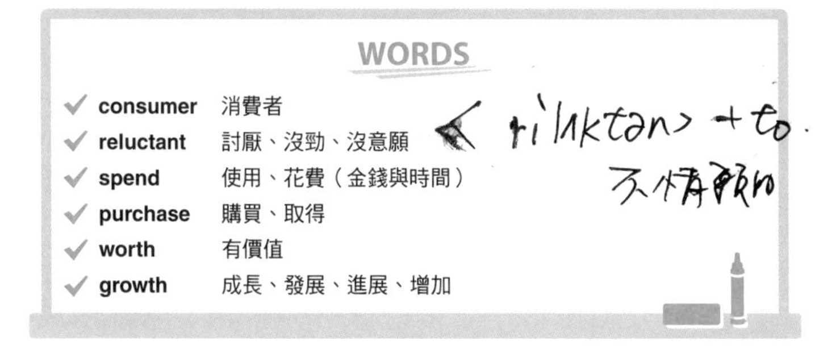

WORDS

- **consumer** 消費者
- **reluctant** 討厭、沒勁、沒意願
- **spend** 使用、花費（金錢與時間）
- **purchase** 購買、取得
- **worth** 有價值
- **growth** 成長、發展、進展、增加

談判・討論時 常用的四個關鍵單字 ………… 1

PERSPECTIVE

商業牽涉到企業與人。在公司內部有主管與部屬的立場要顧，在公司外部有客戶與消費者的想法要滿足。為求工作能夠順暢推動，必須從不同的立場或角度看事情。在商業上，perspective 這個字帶有「觀點」、「角度」的意思。例如常會聽到以下用法：

> His advice made me see the issue from a broader perspective.
> （他的建議讓我用更宏觀的角度看待這項議題。）

要表達「以不同角度看事情」，多數人或許會想用 see 這個字。但 see different things 這種說法，只表達出「看看不同的東西」而已。

perspective 有很多語意，包括觀點、態度、意見、想法、判斷等等。還有一個意思近似的單字是 viewpoint。

可以這樣用！談判價格時⋯⋯

A： Are you willing to take this price or not?
（你們是否願意接受這個價格？）

B： I'm not sure if we are ready to make the decision, yet.
（我們現在可能還沒辦法做決定。）
We need to see this price issue more from the consumer's perspective.
（我們必須從消費者角度再多研究一下價格的問題。）

再多學好用的句子！

Let's see this issue from a different perspective.
（讓我們從不同角度看待這個問題！）
From my perspective, there is no problem with the analysis.
（以我之見，這項分析並無問題。）

<ə'næləsis>

WORDS

✔ **broader**	更寬廣的（為 broad 的比較級）
✔ **decision**	決定、決斷、決心、判決
✔ **from my perspective**	以我之見、從我的角度來看
✔ **analysis**	分析、解析

談判・討論時 常用的四個關鍵單字 ………… 2

CONSIDER

在全球化的商業世界裡，常會碰到必須深思熟慮做決定的機會。要想精確表達「深思熟慮」可以用 consider 這個字。這字帶有「仔細思考」的意思，因此，在交涉、談判、做決定之前常會用到這個字。

想告訴對方「請你深思熟慮後再決定」時，用這個字最合適，例如：

> Could you consider the other option?
> （你能不能考慮一下其他選擇？）

有些人想要表達「希望你能想想」時，會用 think 這個字，說成如下的句子：

Please think about the other option.

但這話只表達出「請你想一下」的意思。

在會議或談判的場合中，如果希望對方認真思考後，做出更完美的決定，那就必須使用 consider 這個字，才能表達出你把這件事看得很認真。

它的名詞形是 consideration，除了有「熟慮」、「考慮」的意思之外，也經常用來表達「體貼」、「為人著想」等意思。

可以這樣用！請對方重新考量時……

A： Could you consider what I've just said?
（能否請你考慮一下我剛才講的事情？）

B： I understand what you mean. I'll give it another thought.
（我懂你的意思。我會再想想的。）

再多學好用的句子！

Let's consider other options before we make a decision.
（在做決定之前，我們再好好想想其他的選擇。）

Could you consider my proposals?
能否請您仔細考慮我的提案？）

Thank you for your consideration.
（感謝你的貼心。）

WORDS

- **option** 選項、選擇
- **give it another thought** 重新思考一下這件事
- **make a decision** 決斷、決定
- **proposal** 提案

談判．討論時 常用的四個關鍵單字 ………… 3

MONITOR

在談判或討論事情時，往往無法馬上決定，必須觀察過程或狀況後，才能做出判斷，這時，monitor 這個字就很好用。它有「檢視」、「觀察」、「觀測」等意思，打算花時間觀察過程如何演變時，可以像下面這樣使用：

> Let's monitor the progress.
> （我們來觀察事情的進展吧！）

有人可能因為要表達「觀察事情進展」，而使用 look at 這個片語，說成：

Let's look at the progress.

這會變成在視覺上「稍微看一下」的意思，並無法傳達出「仔仔細細持續追蹤下去」的語意。此外，將「確認」直譯為 confirm，也不適用於這樣的場合。

monitor 給人「耗費一定時間，定期仔細確認」的感覺。由於這個字也有「監視」的意思，很多人反而在商業場合中不敢用這個字，但它其實是日常工作情境中可以輕鬆使用的方便字眼。

可以這樣用！對於進度有疑問時……

A：I hear you have come up with a solution to the problem we had last month.
（我聽說你已經為上個月我們碰到的問題想出解決方案了。）

B：We've implemented a new system to keep track of the project.
（我們建置了一個追蹤專案過程的新系統。）

A：That means we can monitor the progress more closely now. Let's revisit this issue next month. Keep me updated.
（這表示現在我們可以更密切觀察進度了。下個月大家再來重新檢討這項議題吧。要隨時告訴我新進展。）

再多學好用的句子！

Let's monitor the sales before we make a decision.
（在做決定之前，先觀察銷售狀況吧！）

We monitored the consumer behavior at the drug store.
（我們觀察了消費者在雜貨店的行為。）

WORDS

✓ **solution**	解決、解答
✓ **implement**	實行、履行、施行
✓ **revisit**	重新檢討、重新造訪
✓ **consumer behavior**	消費者行為

談判．討論時 常用的四個關鍵單字⋯⋯⋯ 4

REVISIT

商場中未必總是一帆風順，在某些談判的情境中，往往必須反覆檢視、再檢視。要表達從不同觀點或角度重新審視計畫時，可以用 revisit 這個字。它有「重新思考」、「重新研究」的意思，也帶有「積極設想」的語意在。

只要像下面的句子，點出未來的可能狀況，聽的人就會安心結束對話。

> We'll revisit this issue next summer.
> （明年夏天我們會重新檢視這個議題。）

或許有人會想用 again 這個字來表達「重新」或「再次」，但 again 給人一種「同樣的事又重複一次」的印象。

revisit 則可以用來表達「重新審視後再向前進行」的心情，也可以在無法馬上獲得同意的情境中，使用這個單字。

可以這樣用！會議中大家沒交集時……

A：I feel like we are running in circles.
（我覺得我們的討論似乎在繞圈圈。）

B：You're right. We'll revisit this topic next week.
（你說得對。我們下星期再重新討論這個問題。）

再多學好用的句子！

Let's revisit this topic at a later time.
（我們以後再重新討論這個話題吧！）

This issue is worth revisiting.
（這個議題值得重新研究。）

We're not sure whether this is worth revisiting.
（我們不確定這件事是否值得重新探討。）

WORDS

- running in circles 原地兜圈、沒有進展
- at a later time 以後
- worth 有價值

報告時 常用的四個關鍵單字……… 1

UPDATE

在推動業務的過程中，常常要向顧客或主管報告。報告時，我們都希望給對方有禮、客氣，又不失直率的印象。所以，在各種報告中，特別是報告目前狀況或進展時，可以用 update 這個字。它帶有「更新」、「升級」的意思，也含有「最新」的語意。

報告時，如果用下面的說法，就能向對方強調自己的資訊既新且快。

> We will keep you updated.
> （我們會隨時告訴你最新資訊。）

不少人想到要報告「今天的狀況」，就用以下的說法：

This is the situation today.

但這麼說就會讓原本令人期待的「最新狀況」，聽起來不足為奇。

update 這個字可以讓聽者接收到「經常提供最新資訊」的印象，可以加深彼此的互信關係。

順帶一提，在商場中，有時無可避免會有「資訊過時」的情形。這時，要用 be outdated（過時了）來表示。

可以這樣用！主管要求你報告現況時……

A： What's going on?
（現在是怎麼了？）

B： We can't say just yet. The system is still updating itself.
（還不清楚。系統仍在自動更新中。）

再多學好用的句子！

Keep us updated.
（隨時告訴我們最新資訊。）

Give me an update on the situation.
（告訴我這件事的最新狀況。）

Please keep me updated on the status of your project.
（請隨時把你們案子的最新狀況告訴我。）

The data is updated about once every two weeks.
（這資料大約每兩星期更新一次。）

再補充一點

如同上面提到的，update 也可以當成名詞使用，有「最新資訊」、「最新版」、「更新」等意思。若為名詞，重音要放在第一個字母 u 上面。

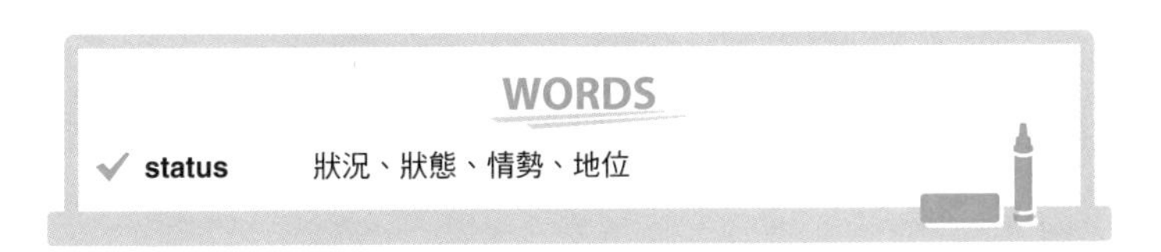

WORDS

✓ **status** 狀況、狀態、情勢、地位

報告時 常用的四個關鍵單字 ………… 2

MANAGE

在克服困難、執行業務時，會用 manage 這個字來表達「努力去做」、「完成到最後」等意思。這個字可以用在各種商業領域中。

在完成工作後，可以像下面的句子，告訴主管或客戶，突顯自己的表現：

> We managed to complete the task.
> （我們設法完成任務了。）

如果想表達「完成～了」，很多人或許會先想到下面的句子：

We finished the task.

這句話在文法上雖然沒錯，但這種說法只是很平淡地表示「做完事情」而已，並無法傳達出為了完成任務所耗費的努力，以及過程中的拚勁。

manage 這個字含有「雖然碰到困難，還是努力設法把它做出來了」的語意。

此外，manage 也有「經營」、「管理」的意思。

可以這樣用！突破困難時……

A： I heard that a machine broke down in the plant. Was everything okay?
（我聽說廠房有一台機器故障了。一切正常嗎？）

B： Yes. We still managed to assemble all the products on time.
（是的，我們還在設法準時完成所有產品的組裝。）

再多學好用的句子！

He managed to come in time for the meeting.
（他設法趕上了開會時間。）

She manages a department of ten people.
（她管理一個有十名成員的部門。）

He manages a software development company.
（他經營一家軟體開發公司。）

WORDS

✓ **complete** 達成、完成、完工、全都填完
✓ **assemble** 組裝、收集
✓ **development** 開發、發育、發展

報告時 常用的四個關鍵單字 ………… 3

SOLVE

工作中常常必須把面臨的難題或困難上報給主管或客戶知道。這時，可以用 solve 這個字來傳達「解決問題」的強烈意志。一旦發生問題，可以像下面的例句，用 solve 表達「解決」問題，給別人一種你會採取行動迅速把它處理好的印象。

> We will solve this problem.
> （我們會解決這個問題。）

在商業場合中也常會用到 solve 的名詞形：solution（解答、解決方案）。

problem 或 issue 這兩個字常用來和 solve 搭配使用，像是 solve a problem、solve an issue。就算身處困難的狀況當中，還是要用這個字展現出積極的態度，和主管或客戶維持良好的溝通。

可以這樣用！著手解決問題時……

A： I heard that we might have to ship the orders late.
（聽說我們的交貨時程可能會延後。）

B： We're aware that this is a serious problem.
（我們知道這是很嚴重的問題。）
I've arranged a conference call tonight to discuss how to solve it.
（我已在今晚安排一場電話會議，討論如何解決這問題。）

再多學好用的句子！

The problem was easily solved.
（這問題很容易就解決了。）
What do you think should be done to solve the issue?
（你覺得該做些什麼才能解決這項問題？）

WORDS

- ✓ **ship** 出貨、發送、運送、輸送
- ✓ **order** 下單、命令
- ✓ **aware** 知道、察覺到
- ✓ **serious** 嚴重的、重大的、認真的
- ✓ **conference call** 電話會議

報告時 常用的四個關鍵單字 ………… 4

REPORT

要把進展或結果等資訊傳達給主管或客戶時，常會用到 report 這個字。在以英語溝通的企業中，也時常會用到 report on ～這種說法，例如：

> I will report on the progress of the project.
> （我會報告專案目前的進度。）

此外，report to ～（人）意思是「直屬於～」、「是～的部屬」。在商業場合中，要把主管與部屬間的關係明確交代清楚時，就會這麼說。

提到「主管」也不要老是只會講 boss 這個字，因為在職場中會給人「太過隨性」的印象。

可以養成習慣，視狀況使用 report to ～這種比較正式的說法。

可以這樣用！向客戶報告時……

A： We are here to report on the continuing development of the new e-commerce website.
（我們來此是要報告新的電子商務網站的開發狀況。）
The development is going well and we may even be able to start the user test a week early.
（開發過程很順利，我們甚至可以提早一星期做使用者測試。）

B： That's great.
（那太好了！）

再多學好用的句子！

He reported on the project to his manager.
（他向經理報告了這項專案的事。）

I report to Mr. Okawa, our executive vice president.
（我的主管是執行副總裁大川先生。）

Who do you report to?
（你的主管是哪一位？）

WORDS

- **progress** 進行、進展、進步、變熟練、過程
- **development** 開發、發育、發展
- **e-commerce** 電子商務交易、電子商務
- **vice president** 副社長、副總統、副總裁

Chapter 1

資料來源：

「實用商業英語講座」

Practical English for Global Leaders (PEGL)

関谷英里子「為上班族開設的英文單字講座」

這個節目中，除了本書介紹的四十個單字外，還介紹其他在商業上常用的單字，並說明其他無法在書中全數介紹完的詞句。関谷老師的教法很好懂，很受學生歡迎。而且節目中還找了美國出身、了解外國人在學英語時有何困擾的布蘭登．史托維（Brandon Stowell）擔任搭檔，詳細介紹近似單字間一些語意上的差異。每次課程約三十分鐘，共十二次。另外，這本書為了讓讀者更容易理解，也重新編排了節目中的部分內容。

Chapter 2

從失敗情境中
學會英語談判的訣竅

講師：船川淳志

Chapter2 第二章的使用方法

本章根據外國人容易陷入的「失敗情境」，為各位介紹適於在商業第一線使用的說法與句子。

首先，請看看 Case study：失敗情境 的部分。在「失敗情境」的對話中，存在一些不適合商務人士使用的「奇怪語句」。請各位一面讀，一面想想，到底哪裡不對勁。

接著，我會在 ?「到底哪裡講錯了？」的欄目中解說講錯的原因，並於 !「應該這樣講才對！」的欄目中介紹一些適合國際商務人士使用的適切說法與句子。請反覆出聲誦讀這些句子。

另外，一併出聲誦讀 Case study：成功情境 的對話內容，就會更快學會。

自情境 11 起，內容會略為變難，不過，我所介紹的情境全都是商場中會碰到的情況。由於不只介紹「英語技巧」，也介紹了和外國人共事時，彼此順利溝通的思維，就算英語句子略顯艱難，還是希望大家能夠把對話內容背後的「想法」謹記在心。如果是第二次閱讀，就建議直接反覆閱讀 ! 應該這樣講才對！與 Case study：成功情境。

外國人容易陷入的「失敗情境」

解說失敗的原因

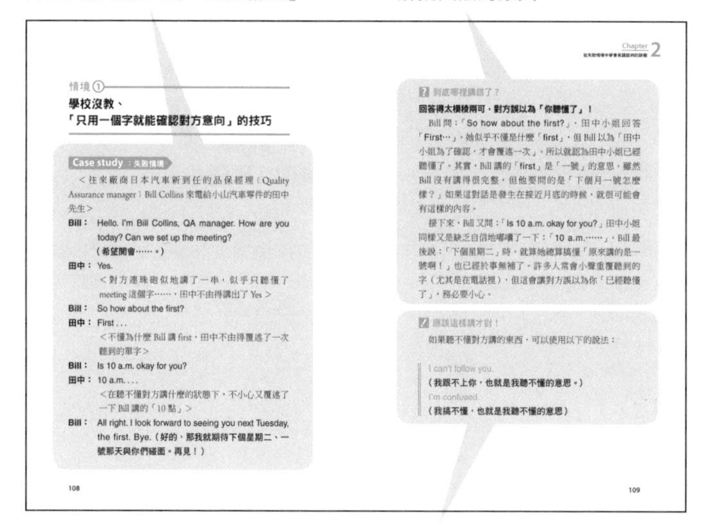

情境①

學校沒教、
「只用一個字就能確認對方意向」的技巧

Case study：失敗情境

<往來廠商日本汽車新到任的品保經理（Quality Assurance manager）Bill Collins 來電給小山汽車零件的田中先生>

Bill： Hello. I'm Bill Collins, QA manager. How are you today? Can we set up the meeting?
（希望開會……。）

田中： Yes.
<對方連珠砲似地講了一串，似乎只聽懂了 meeting 這個字……，田中不由得講出了 Yes >

Bill： So how about the first?

田中： First . . .
<不懂為什麼 Bill 講 first，田中不由得覆述了一次聽到的單字>

Bill： Is 10 a.m. okay for you?

田中： 10 a.m. . . .
<在聽不懂對方講什麼的狀態下，不小心又覆述了一下 Bill 講的「10 點」>

Bill： All right. I look forward to seeing you next Tuesday, the first. Bye.**（好的，那我就期待下個星期二、一號那天與你們碰面。再見！）**

108

Chapter 2

到底哪裡講錯了？

回答得太模稜兩可，對方誤以為「你聽懂了」！

Bill 問：「So how about the first?」，田中小姐回答「First…」，她似乎不懂是什麼「first」，但 Bill 以為「田中小姐為了確認，才會覆述一次」，所以就認為田中小姐已經聽懂了。其實，Bill 講的「first」是「一號」的意思，雖然 Bill 沒有講得很完整，但他要問的是「下個月一號怎麼樣？」如果這對話是發生在接近月底的時候，就很可能會有這樣的內容。

接下來，Bill 又問：「Is 10 a.m. okay for you?」田中小姐同樣又是缺乏自信地嘟噥了一下：「10 a.m.……」。Bill 最後說：「下個星期二」時，就算她總算搞懂「原來講的是一號啊！」也已經於事無補了。許多人常會小聲重覆聽到的字（尤其是在電話裡），但這會讓對方誤以為你「已經聽懂了」，務必要小心。

應該這樣講才對！

如果聽不懂對方講的東西，可以使用以下的說法：

I can't follow you.
（我跟不上你，也就是我聽不懂的意思。）
I'm confused.
（我搞不懂，也就是我聽不懂的意思）

109

介紹在商業場合中適用的句子

可以先記起來以備不時之需的要點

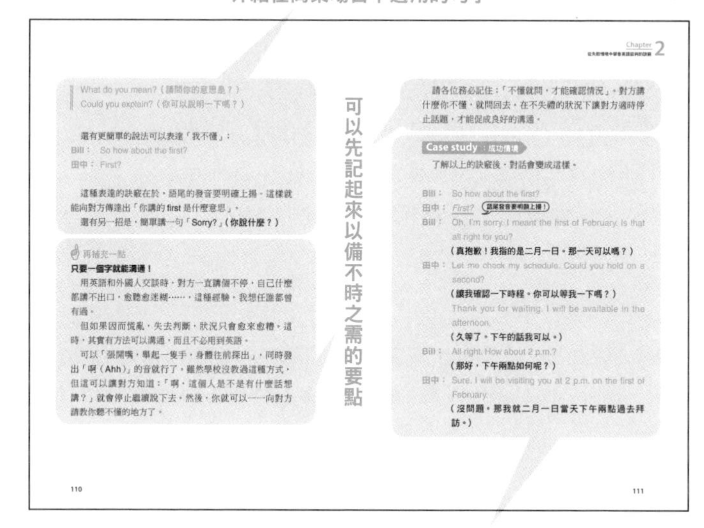

What do you mean?（請問你的意思是？）
Could you explain?（你可以說明一下嗎？）

還有更簡單的說法可以表達「我不懂」：

Bill： So how about the first?
田中： First?

這種表達的訣竅在於，語尾的發音要明確上揚。這樣就能向對方傳達出「你講的 first 是什麼意思」。

還有另一招是，簡單講一句「Sorry?」**（你說什麼？）**

再補充一點

只要一個字就能溝通！

用英語和外國人交談時，對方一直講個不停，自己什麼都講不出口，愈聽愈迷糊……，這種經驗，我想任誰都曾有過。

但如果因而慌亂，失去判斷，狀況只會愈來愈糟。這時，其實有方法可以溝通，而且不必用到英語。

可以「張開嘴，舉起一隻手，身體往前探出」，同時發出「啊（Ahh）」的音就行了。雖然學校沒教過這種方式，但這可以讓對方知道：「啊，這個人是不是有什麼話想講？」就會停止繼續說下去。然後，你就可以一一向對方請教你聽不懂的地方了。

110

Chapter 2

請各位務必記住：「不懂就問，才能確認情況」。對方講什麼你不懂，就問回去。在不失禮的狀況下讓對方適時停止話題，才能促成良好的溝通。

Case study：成功情境

了解以上的訣竅後，對話會變成這樣。

Bill： So how about the first?

田中： *First?* （語尾發音要明顯上揚！）

Bill： Oh, I'm sorry. I meant the first of February. Is that all right for you?
（真抱歉！我指的是二月一日。那一天可以嗎？）

田中： Let me check my schedule. Could you hold on a second?
（讓我確認一下時程。你可以等我一下嗎？）
Thank you for waiting. I will be available in the afternoon.
（久等了。下午的話我可以。）

Bill： All right. How about 2 p.m.?
（那好，下午兩點如何呢？）

田中： Sure. I will be visiting you at 2 p.m. on the first of February.
（沒問題。那我就二月一日當天下午兩點過去拜訪。）

111

把前面介紹的字詞拿來應用的漂亮對話

Chapter 2 主要登場人物

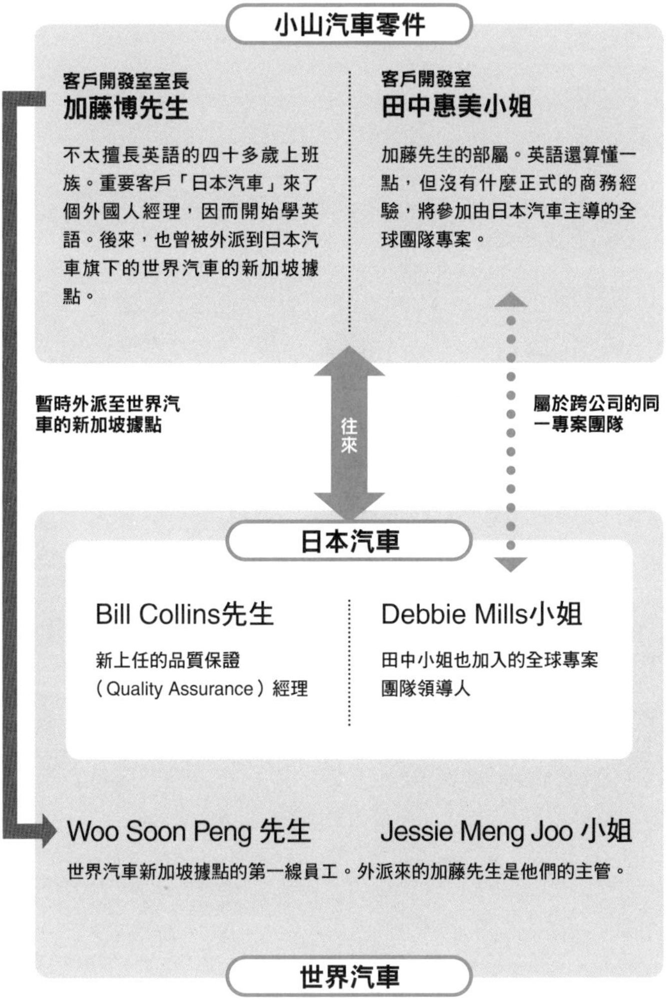

小山汽車零件

客戶開發室室長
加藤博先生

不太擅長英語的四十多歲上班族。重要客戶「日本汽車」來了個外國人經理，因而開始學英語。後來，也曾被外派到日本汽車旗下的世界汽車的新加坡據點。

客戶開發室
田中惠美小姐

加藤先生的部屬。英語還算懂一點，但沒有什麼正式的商務經驗，將參加由日本汽車主導的全球團隊專案。

暫時外派至世界汽車的新加坡據點

往來

屬於跨公司的同一專案團隊

日本汽車

Bill Collins先生

新上任的品質保證（Quality Assurance）經理

Debbie Mills小姐

田中小姐也加入的全球專案團隊領導人

Woo Soon Peng 先生　　Jessie Meng Joo 小姐

世界汽車新加坡據點的第一線員工。外派來的加藤先生是他們的主管。

世界汽車

講師介紹

船川淳志

全球衝擊（Global Impact）公司代表合夥人。1956 年生，畢業於慶應義塾大學法律系。曾服務於東芝與美國人壽保險（後併入大都會人壽）日本分公司。1990 年赴美，在美國雷鳥全球管理學院（Thunderbird School of Global Management）取得 MBA 後，在矽谷成為活躍的管理顧問。目前積極舉辦以領導力與人才開發等議題為主題的研討會。除了與大前研一合著《全球領導者的條件（暫譯）》（PHP 研究所出版）外，另著有《就算英語成為公司內部公用語言也不怕（暫譯）》（講談社 Plus Alpha 新書開本）、《邏輯聆聽（暫譯）》（Diamond 出版）等多本著作。

情境 ①

學校沒教、「只用一個字就能確認對方意向」的技巧

Case study ：失敗情境

＜往來廠商日本汽車新到任的品保經理〔Quality Assurance manager〕Bill Collins 來電給小山汽車零件的田中先生＞

Bill： Hello. I'm Bill Collins, QA manager. How are you today? Can we set up the meeting?
（希望開會……。）

田中： Yes.
＜對方連珠砲似地講了一串，似乎只聽懂了 meeting 這個字……，田中不由得講出了 Yes ＞

Bill： So how about the first?

田中： First . . .
＜不懂為什麼 Bill 講 first，田中不由得複述了一次聽到的單字＞

Bill： Is 10 a.m. okay for you?

田中： 10 a.m. . . .
＜在聽不懂對方講什麼的狀態下，不小心又複述了一下 Bill 講的「10 點」＞

Bill： All right. I look forward to seeing you next Tuesday, the first. Bye.**（好的，那我就期待下個星期二、一號那天與你們碰面。再見！）**

? 到底哪裡講錯了？

回答得太模稜兩可，對方誤以為「你聽懂了」！

Bill 問：「So how about the first?」，田中小姐回答「First…」。她似乎不懂是什麼「first」，但 Bill 以為「田中小姐為了確認，才會複述一次」。所以就認為田中小姐已經聽懂了。其實，Bill 講的「first」是「一號」的意思。雖然 Bill 沒有講得很完整，但他要問的是「下個月一號怎麼樣？」如果這對話是發生在接近月底的時候，就很可能會有這樣的內容。

接下來，Bill 又問：「Is 10 a.m. okay for you?」田中小姐同樣又是缺乏自信地嘟囔了一下：「10 a.m.……」。Bill 最後說：「下個星期二」時，就算她總算搞懂「原來講的是一號啊！」也已經於事無補了。許多人常會小聲重複聽到的字（尤其是在電話裡），但這會讓對方誤以為你「已經聽懂了」，務必要小心。

! 應該這樣講才對！

如果聽不懂對方講的東西，可以使用以下的說法：

I can't follow you.

（我跟不上你，也就是我聽不懂的意思。）

I'm confused.

（我搞不懂，也就是我聽不懂的意思。）

What do you mean?（請問你的意思是？）
Could you explain?（你可以說明一下嗎？）

還有更簡單的說法可以表達「我不懂」：

Bill： So how about the first?

田中： First?

這種表達的訣竅在於，語尾的發音要明確上揚。這樣就能向對方傳達出「你講的 first 是什麼意思」。

還有另一招是，簡單講一句「Sorry?」**（你說什麼？）**

再補充一點

只要一個字就能溝通！

用英語和外國人交談時，對方一直講個不停，自己什麼都講不出口，愈聽愈迷糊……，這種經驗，我想任誰都曾有過。

但如果因而慌亂，失去判斷，狀況只會愈來愈糟。這時，其實有方法可以溝通，而且不必用到英語。

可以「張開嘴，舉起一隻手，身體往前探出」，同時發出「啊（Ahh）」的音就行了。雖然學校沒教過這種方式，但這可以讓對方知道：「啊，這個人是不是有什麼話想講？」就會停止繼續說下去。然後，你就可以一一向對方請教你聽不懂的地方了。

請各位務必記住：「不懂就問，才能確認情況」。對方講什麼你不懂，就問回去。在不失禮的狀況下讓對方適時停止話題，才能促成良好的溝通。

Case study：成功情境

了解以上的訣竅後，對話會變成這樣。

Bill： So how about the first?

田中： *First?* （語尾發音要明顯上揚！）

Bill： Oh, I'm sorry. I meant the first of February. Is that all right for you?

（真抱歉！我指的是二月一日。那一天可以嗎？）

田中： Let me check my schedule. Could you hold on a second?

（讓我確認一下時程。你可以等我一下嗎？）

Thank you for waiting. I will be available in the afternoon.

（久等了。下午的話我可以。）

Bill： All right. How about 2 p.m.?

（那好，下午兩點如何呢？）

田中： Sure. I will be visiting you at 2 p.m. on the first of February.

（沒問題。那我就二月一日當天下午兩點過去拜訪。）

情境②

在商場中陳述推論時，萬萬不可用 Perhaps

Case study ：失敗情境

＜小山汽車零件的田中小姐和主管加藤先生，首次和日本汽車的 Bill 開會＞

Bill： Tell me some strengths of your company.
（請告訴我貴公司的強項在哪裡。）

田中： We have a good relationship with these clients and made our reputation.
（＜一面看著公司的資料＞**我們和這些客戶建立了很好的關係，也做出好口碑。**）

Bill： Why? Why do your clients like your company?
（為什麼？為何你們的客戶會覺得你們公司很好呢？）
＜ Bill 在田中的發言中沒有聽到「公司的強項」＞

田中： Perhaps we have provided good services.
（或許是因為我們提供了很好的服務吧！）

Bill： Perhaps? Is there any other good reason?
（＜露出訝異的表情＞**或許？那還有其他好理由嗎？**）

加藤： I think our technology is also acceptable.
（我想我們的技術也是客戶可接受的。）
＜聽到這話，Bill 的表情十分錯愕＞

WORDS ✓ **reputation** 評價、聲望、好評、名聲

? 到底哪裡講錯了？

模稜兩可的用詞太多，只傳達出薄弱的形象

初次見面的Bill之所以會問：「請告訴我你們公司的強項」，是想要知道他們有什麼具體的技術或專業。但田中小姐卻只回答：「我們和客戶建立了很好的關係」。這個答案太過抽象，等於沒回答。

由於她沒有好好說明公司的強項，Bill才又回問：「Why？」這樣的情況，在外商公司並不少見，只要有什麼疑問，他們就會不斷問：「Why？」

田中小姐在交代理由時，用了「Perhaps～」，這種說法會讓Bill感到不安。我們在學校裡學到的「perhaps」有「或許」的意思，雖然是一種可能性，但它的確切性較低，語意上和「搞不好、可能」差不多。因此，在商業中，幾乎不會用這個字。如果要表達自己的推論，應該用「probably」。

而且，加藤先生還說：「I think our technology is also acceptable.」，這種情況下用「I think」只會讓人覺得是他個人的感想而已，說服力非常薄弱。再者，加藤先生想要表達很正面的「客戶都很讚賞」，卻用了「acceptable」，反而傳達出一種「（差強人意）馬馬虎虎」的語意。由於用了這些模稜兩可且語意錯誤的字眼，當然無法好好說明自己公司的強項在哪裡。

應該這樣講才對！

對方問「為什麼」，想要知道原因時，若能根據事實，明確傳達原因與背後的依據，說服力就會大增。例如，可以用以下的字詞：

in fact **（事實上）**
actually **（實際上）**

若能在談話中舉出具體數字做為事實根據，說明的效果會很有力。田中小姐明明都把公司資料帶去了，交談時，卻沒能把公司過去的成果當成代表公司強項的「依據」講出來，實在非常可惜。

再補充一點

透過「PREP」的手法讓論述變得有層次！

不知道是不是因為亞洲人習慣於「真人不露相」，才會普遍不擅於向別人說明公司或自己的強項。其實若能在一開始先明確講出「我們公司的強項有二」這類開場，再舉實際例子說明，這種有層次的論述方式，會讓對方更容易理解。

在做簡報或開會時，建議可以多運用以下「PREP」的論述方式說明內容：

Point： My point is that . . .**（我要講的重點是……）**
Reason： The reason why I mentioned it is that . . . **（我會這麼講的原因是……）**
Example： For example . . . **（例如……）**
Point： That's why . . .**（所以我才會說／因此……）**

只要以這種方式表達，就很容易把背後的事實與依據傳達給對方知道。另外，也要事前就用英語想好怎麼描述自己公司的強項。

Case study：成功情境

了解以上的訣竅後，對話會變成這樣。

Bill： Tell me some strengths of your company.

田中： <看著公司資料> This list can tell you our strengths.
（從這份清單可以知道敝公司的強項。）
We have established our reputation among these major clients.
（敝公司已在這些大客戶之間建立了聲譽。）
I would like to highlight two points.
（其中有兩點我想要特別提出來。）

Bill： Go ahead. **（請繼續講。）**

田中： First, services: our technical support team has installed a leading-edge monitoring system to respond to client demand.
（首先是我們的服務。敝公司的技術支援團隊已安裝最先進的監控系統，因應客戶的需求。）
In fact, some other companies benchmarked our practice. Second, ～ **（事實上，已有其他一些同業把我們的做法當成標竿。第二，～）**

Bill： That's quite impressive. **（真是不簡單！）**

WORDS

- ✔ **establish** 確立、設立、建立
- ✔ **leading-edge** 最先進的、最尖端的
- ✔ **impressive** 令人佩服的、給人深刻印象的

情境③

擅於聆聽就不會失敗
學會這些片語，讓你不陷入聽不懂的惡性循環

Case study：失敗情境

＜會議中，Bill 向小山汽車零件的加藤先生與田中小姐提出了推動共同專案的要求。他似乎在找人參加專案。＞

Bill： ＜一面遞出提案書＞ We will need at least one person from your company for a full-time engagement for the next three or four months. So can you do this?
（在未來三到四個月的時間裡，我們需要貴公司支援至少一個人，全職參與這個專案。你們公司能派人嗎？）

加藤： Me? Oh, I can't do this.（**我？我不行！**）
But maybe Tanaka will do it.
（但田中的話或許可以吧。）

＜突然被提到的田中小姐露出「我嗎」的驚訝表情＞

Bill： So, Ms. Tanaka, can you make it?
（那麼，田中小姐，你可以嗎？）

田中： ＜露出無可奈何的表情＞ . . . yes.

WORDS ✓ **engagement** 參與、約定、契約

? 到底哪裡講錯了？

對於對方詢問的內容，疏於提問確認

當 Bill 問：「So can you do this?」加藤先生卻馬上回答：「我不行。」但 Bill 其實是在問小山汽車零件能不能派人參加專案，加藤先生卻誤以為是在問他能不能加入。他太過焦急，只想著：「要是我參加這個專案，那怎麼行」，於是不假思索地直接把球丟給田中小姐，田中小姐當然很困擾。

Bill 提到的「you」，其實是「你們公司」的意思。有時，這種細微的語意並不容易判斷，務必向對方確認或提問。假如在還沒確認內容之前，就講出「好」，事情恐怕會變得很難處理。

! 應該這樣講才對！

在商業場合中，想向對方確認狀況時，或是細節不夠清楚時，常會用到以下的句子。這些句子都很常用，請各位務必記起來。

> Let me clarify what you said.
> **（讓我向你確認一下你所講的。）**
> Could you give us more detailed information?
> **（你可以提供我們更詳細的資訊嗎？）**
> Could you elaborate a little bit?
> **（你可以再講清楚一點嗎？）**

WORDS ✓ **elaborate** 詳述、精益求精、精心製作

如果想要問得更有禮貌一點，可以用以下的說法。這是在向對方徵求「我可以問問題嗎」的許可，是很客氣的問法：

> Let me ask some questions.
> May I ask some questions?

只要能透過提問，請對方把內容講詳細些，不懂的地方就會慢慢變少，也就不會在還搞不懂狀況之下，就不小心回答「Yes」或是「I see」了。假如沒搞懂意思就繼續對話，就會陷入無法掌握全局的惡性循環。和外國人開會時，最重要的是隨時提問，才不會陷入「搞不懂狀況的惡性循環」。

Case study ：成功情境

弄懂以上的訣竅後，剛才的對話就會變成這樣：

Bill： So can you do this? **（你們公司能派人嗎？）**

加藤： Yes, we would like to do so, but let me ask some questions.
（嗯，我們樂於派人，但請容我問幾個問題。）

Bill： Sure. **（當然沒問題！）**

加藤： Could you tell us his or her role and responsibilities?
（可以告訴我們，派過去的人扮演的角色與所負的責任嗎？）

再補充一點

把「R&R」記下來

在「成功情境」中，加藤先生最後那段話裡出現的 role and responsibility，是在國際商務場合中經常出現的字彙，簡稱為「R&R」，代表「角色與責任」的意思。請各位務必記起來。

不用說，一面推動工作，一面隨時掌握每個人扮演的角色，以及所負的責任，是很重要的工作。但在多國籍的全球團隊或組織中，由於每個人的想法不同，大家經常會出現不同的認知。

所以，千萬不能疏忽，一定要隨時做好確認工作，問對方：

Let's clarify our role and responsibilities.

情境④

謙虛對外國人行不通 絕對不能說「I can't speak English well.」

Case study ：失敗情境

＜小山汽車零件的往來廠商日本汽車，被併入外資企業世界汽車的旗下。田中小姐代表小山汽車零件，參與三家公司共同專案的全球團隊。在第一次開會時，團隊領導人、日本汽車的 Debbie Mills 小姐，要她自我介紹。＞

Debbie： Tell us your background.

（請告訴我們妳的背景。）

田中： I work for Oyama Automotive. I used to belong to the technical support division, and then I moved to the current division.

（我在小山汽車零件工作，過去隸屬於技術支援部門，後來調到目前的部門。）

Debbie： Any requests for us?

（妳對我們有任何要求嗎？）

田中： As you know, I can't speak English well. So I'm very nervous now.

（如妳所知，我英語講得不好。所以我現在很緊張。）

＜大家都露出了「現在不就在講英語，為何變得這麼神經質」的表情。＞

WORDS

- ✔ **division** 部門、區分、分割
- ✔ **current** 現在的、流行的、水流

Debbie： Don't worry. All you should do is speak out.
（別擔心。妳儘管講出來。）

田中： Okay. My request is for everyone to speak as clear English as possible.
（好。我的要求是請大家盡可能把英語講得清楚些。）

<大家露出了不知所措的表情。>

? 到底哪裡講錯了？

自我介紹沒講好，還用了突兀而失禮的說法

許多人和老外說話時很容易會冒出「I can't speak English well.」這句話。第一次開會，很緊張的田中小姐也不小心講出這句話。但因為她已經實際在用英語交談了，其他與會者聽起來會覺得很矛盾。雖然許多人都是不經意講出這句話，卻會讓外國人覺得「有這麼誇張嗎？」

接下來，Debbie 也安撫她說：「別擔心，妳講出來就對了」，促使她再講下去。田中小姐雖然下定決心講出了要求，卻是希望對方「要使用 clear English」。她原本想講的應該是請對方「用比較好懂的英語講」，但她這種說法，等於是在告訴對方：「妳們的英語講得不夠清楚」。

不僅如此。田中小姐在自我介紹中，只講了自己服務的公司名稱與所屬部門而已，這樣別人還是完全不知道她過去的工作內容是什麼，也不知道她的專業技能是什麼。這雖然是亞洲人自我介紹時常有的現象，但是在國際商業場合中，請你自我介紹是要問：What can you do ？（你能做什麼），也就是要問 your competency（你的能耐）。

應該這樣講才對！

對英語的聽力沒自信時，可使用以下句子。重點在於，提出具體的請求：

> May I ask all of you to speak slowly and clearly?
> **（我可以請各位講慢一點、清楚一點嗎？）**

在有多位外國人出席的會議中，提出如上的請求時，記得不要用「you」，而要用「all of you」。這話的意思不是請求特定的人，而是向所有與會者提出請求。

> May I ask you to enunciate?

enunciate 這個字或許大家不太熟，它帶有「清晰發音」之意。例如，印度人以講話快、音調重出名，印度人之間交談時，都是含在嘴裡發音，有時很難聽懂。可以告訴他們這句話，請他們張大嘴巴，為你發音發得清楚些。

> Please clarify idioms. **（請你把諺語的意思說清楚些。）**
> Please avoid idioms. **（請避免使用諺語。）**

不過，英國人和美國人用的諺語，又有不同。看是請對方說明諺語的意思，還是請他們不要使用諺語，讓雙方的溝通更順暢。

Case study ：成功情境

了解以上的訣竅後，對話就會變成這樣：

Debbie： All you should do is speak out.

田中： I'll try my best. May I ask all of you to speak slowly and clearly?

（我會盡力。我可以請大家講慢一點、清楚一點嗎？）

And one more request: please clarify idioms.

（還有一個請求：請大家清楚說明諺語的意思。）

Debbie： Sure. In fact, that makes sense for all of us.

（當然可以。事實上，這樣對我們也好。）

Camilla： That helps me too.

（＜也在場的波蘭人 Camilla 小姐＞**這樣對我也有幫助。）**

Debbie： Although we speak English, we should speak "Global English."

（雖然大家都講英語，但我們應該要用「全球通用的英語」。）

＜這樣大家就會有共識，要講「每個人都容易聽懂的英語」。＞

情境⑤

腦力激盪時也能有亮眼表現
一邊說、一邊思考的技巧

Case study：失敗情境

＜全球團隊開會。在不受現況所限、大家彼此提出建設性意見的腦力激盪場合中，有人提出了「將生產成本減半」的意見。接下來輪到小山汽車零件的田中小姐發表意見＞

田中： I had the same idea as Mr. Wang.
（我和＜先前發言的＞王先生的意見一樣。）

Debbie： Well, try something else.（好，那可否講講其他的意見。）

田中： There was a comment about cutting production costs in half.
（剛才（有另一個人）有個意見建議把生產成本減半。）

Debbie： So?（所以呢？）

田中： I think that's not good because we sacrifice quality. I know one company which doubled the defect rate.
（我覺得那樣並不好，因為會犧牲品質。我知道有一家公司的不良率因而變成兩倍。）

Debbie： At this point, you don't have to evaluate others' comments.

WORDS

- ✓ **sacrifice** 犧牲
- ✓ **defect** 缺陷、缺點、弱點、背叛
- ✓ **evaluate** 評鑑、估價

（此時你不需要評論別人的意見。）
All we are doing is bouncing off our ideas. Can you think of something?
（我們現在是在探尋彼此的想法，你有想到什麼嗎？）

田中： I don't know.（我不知道。）

到底哪裡講錯了？

「腦力激盪」時，講了否定別人意見的話

首先，在別人詢問田中小姐的意見時，她卻回答：「我和～先生的意見一樣」，然而，腦力激盪就是要大家各自提出不同的意見，回答「和別人一樣」，等於公然表明自己是個工作消極的人。田中小姐最後講「I don't know」也是會議中絕對不能講的話。這樣會坐失好不容易得到的表現機會。

站在零件供應商的立場，田中小姐其實很擔心，假如生產成本降低，可能會讓品質變差。因此，才針對其他與會者所講的降低生產成本表示反對。對此，Debbie 提醒她「不需要評論別人的意見」。因為腦力激盪會議有個規則，就是不要否定其他與會者的意見。

此外，由於否定的說法或用詞會帶給對方負面印象，最好還是避免使用為宜。

WORDS ✓ **bounce off** 探尋

應該這樣講才對！

突然有人把話丟給你或問你問題，卻還沒做好準備時，以下的句子很好用，可以先以這樣的句子，爭取緩衝時間，想想自己要講什麼：

> Well, I think I have two things to say.
> **（好，我想我有兩點要講的。）**

假如自己原本想講的點子或想法被其他與會者先講走了，可以用以下的說法，爭取簡短的時間，想想在 however 之後要講什麼意見：

> Actually, I had exactly the same idea. However ～
> **（事實上，我剛好也有同樣的想法。不過～）**

假如能練習到不假思索就馬上講出這些句子，就能利用那段時間想想自己要講什麼。此外，也可以說：

> Let me think. **（請讓我想一下。）**

這樣就能多爭取一點時間。

雖然不宜否定別人的發言，但倒是可以換個角度，積極提出自己所擔心的事項。

'comment

Case study：成功情境

了解以上的訣竅後，對話就會變成這樣：

田中： There was a comment about cutting production costs in half.

（剛才有人說，要把生產成本減半。）

Debbie： So?**（所以呢？）**

田中： I would like to comment on quality.

（我想提出關於品質的想法。）

Let's say we have contributed to a reduction of the defect rate by half.

（假如我們鎖定在把不良率降低一半，如何呢？）

Debbie： All right. That's a good idea.

（可以。這是個好提議。）

WORDS

- ✓ **let's say ～** ～如何呢？
- ✓ **contribute** 貢獻、出力、捐獻
- ✓ **reduction** 刪減、降低、減少

情境⑥

捨棄「某個字就對應某種意思」的習慣 不讓對方不安的「確認方法」

Case study ：失敗情境

＜小山汽車零件的田中小姐，由於在會議中聽取說明時有一些不懂的字，於是利用休息時間，向同屬全球團隊的 Debbie 請教＞

田中： I want to question your use of words.
（我想請問你剛才的用詞。）

Debbie： All right, go ahead.（好，你問吧。）

田中： Before the break, you said, "our team goal." But I also remembered you said, "our vision." So which is correct?
（休息前，你說「我們的團隊目標」，但我記得你也講過「我們的願景」。到底哪個是對的？）

Debbie： It's not an issue of right or wrong. We use both of them. You don't have to make it a big deal.
（這不是對不對的問題，我們兩種都用。你不必想得太嚴重。）

WORDS ✓ **make it a big deal** 大驚小怪、當成很嚴重

? 到底哪裡講錯了？

拘泥在不是正題的事情上，讓人煩躁

首先，田中一開始就以質問的口氣詢問對方。接著，雖然是要問單字的意思，卻受限於在學校養成的「某個字對應某種意思」的習慣，未能連同上下文一起理解。Debbie因此感到有些不耐煩，才會說出「不要在意這麼細的事」。

有時，確實有必要確認一下用詞的意思。但是用「Which is correct?」這句話，就等於是在說：「你的兩種說法當中，一定有一種是錯的」。而且，田中用了「But ～」，聽起來有一種找碴、吹毛求疵的感覺。

這都是因為太過拘泥於單字的細微意思，而容易犯的錯。假如在商業場合中對以英語為母語的人用這樣的問法，他們可能會回答：「I'm not an English teacher.」。當聽到他們這樣講時，就要小心了！你應該知道，你已經讓對方不耐煩，在告訴你：「請適可而止」了。

! 應該這樣講才對！

不懂對方的用詞，想要向對方確認時，「clarify」是最好的字彙。

> Could you clarify this word?
> **（你可以把這個字的意思講清楚一點嗎？）**

不懂對方所講內容的意思時，可以用之前也教過的這個句子：

> I'm confused.
> **（我很困惑，也就是我不懂你講什麼的意思。）**

Case study ：成功情境

弄懂以上的訣竅後，對話就會變成這樣：

田中： Before the break, you said, "our team goal." You also said, "our vision."

（休息前，妳曾經講過「我們的團隊目標」，也講過「我們的願景」。）

Could you clarify these two words? I'm a little confused.

（關於這兩種說法，妳可以再講清楚一點嗎？我有些困惑。）

Debbie： In this case, what I meant by "goal" was our team objectives; that is, where to go and what to achieve.

（在這種狀況下，我說的「目標」指的是團隊的目標；也就是團隊要往哪裡去、要實現什麼。）

On the other hand, "our vision" has a broader meaning than objectives.

（另一方面，「我們的願景」是比目標具有更大的意義。）

WORDS ✓ **broader** 更廣大的（有「廣大」之意的 **broad** 一詞的比較級）

情境⑦
負起說明的責任
表示知道自己不能置身事外的片語

Case study：失敗情境

＜全球團隊的會議即將結束時，開始擬定下次開會前的行動計畫。大家開始確認彼此今後的行動重點（action point），但小山汽車零件的田中小姐因為公司部門正在重組，無法提供明確的回答，不知如何是好＞

Debbie： At this point, I would like to confirm action points that you have to do by the next meeting. Number one, Oyama Automotive's issue: reviewing the current statistical quality control. Tanaka-san?
（那麼，現在我想向各位確認一下，在下次開會之前，你們的行動重點是什麼。首先是小山汽車零件的議題：重新檢視現有的統計品質管制。田中小姐？）

田中： We can't do anything until they decide the new organizational structure.
（在我們的新組織體制確定之前，我們沒辦法做任何事。）

Debbie： Is there anything you can do?
（你們有任何可以做的事嗎？）

田中： There are two departments which may deal with

WORDS
✓ **statistical** 統計的、統計學上的
✓ **organizational** 組織的、團體的

this issue: QA or Procurement.
（有兩個部門可能和這件事有關：品質管理部門或採購部門。）

Debbie： Then, what?（然後呢？）

田中： But this is my guess.（但這只是我的揣測。）

Debbie： Can we rely on your guess?
（我們可以相信妳的揣測嗎？）

田中： Perhaps.（可能吧……）

? 到底哪裡講錯了？

由於無法明確釐清自己無法決定的因素，因而未能盡到說明的責任

田中小姐一直在用一些不負責任的含糊說法，像是「But this is my guess」、「Perhaps」。組織重新編組是不確定因素，何時才能採取重點行動，不是田中小姐能夠定奪的事。

在商業場合中，常會有人要求你針對超出自己責任範圍外的事提供意見。假如是在日本企業裡，田中小姐上述的發言或許不是什麼問題。在交代完公司組織的狀況後，只要說「請您體諒」就會被接受。但在國際商業場合中，不能這樣。

WORDS
- ✓ **QA** 品質保證（Quality Assurance 的縮寫）
- ✓ **procurement** 採購、取得

對方固然能夠理解你們組織在重新編組，但是田中小姐的說法，會讓 Debbie 及周遭的人覺得她沒有盡到說明的責任，有一種事不關己的感覺。雖然是不同公司的人，畢竟同屬一個專案團隊，應該要在自己的責任範圍裡，分清楚什麼是確定因素，什麼又是不確定因素，負起責任講清楚，表明「知道自己不能置身事外」。

! 應該這樣講才對！

就算環境的不確定性高，重要的是，還是要冷靜把可能的發展整理出來。這時，可以用下面的句子開頭：

> I can think of two scenarios.
> **（我想到兩種可能的狀況。）**

當然，不一定要兩種，三種也可以。接下來，只要把不同狀況都交代清楚，並告知自己可能扮演的角色，就能明確傳達出「我知道自己不能置身事外」。

以下的說法也都可以在商業場合中，表達出自己的主體性以及不會置身事外的積極態度。

> I'm in charge of ～ **（我負責的是～）**
> I'm committed to ～ **（我承諾要～、我致力於～、我負起～）**
> I'm responsible for ～ **（我負責～）**
> I'm accountable for ～ **（我有責任說明～）**
> I'm engaged with ～ **（我從事～；我正與～接洽）**

我想再次強調撰寫本書的目的：不是要學「如何講英語」，而是要學「如何用英語工作」、「推展事業」。因此，我們必須「表明知道自己不能置身事外」、「承諾（應允）對方」，並且要「有邏輯地表達出來」。

Case study：成功情境

了解以上的訣竅後，對話就會變成這樣：

Debbie： Then, what?

（然後呢？）

田中： I can think of two scenarios:

A. Either QA or Procurement will take it.

B. Some other department will.

（我想到兩種可能的狀況。A 狀況是，要不就是 QA 部門負責，要不就是採購部門負責。B 狀況則是其他部門負責。）

Debbie： So?

（所以呢？）

田中： In the case of A, I will contact key people of the two departments so that we can accelerate the process.

（如果是 A 狀況，我會和這兩個部門的重要成員聯絡，以加快我們的流程。）

In the case of B, I will come back to you to update the current status.

（如果是 B 狀況，我會把目前的最新狀況帶回來向大家報告。）

WORDS ✓ **accelerate** 促使、促進、加快

Debbie： Good. If there is anything we can do for you, let us know.

（很好。如果有什麼我們能幫忙的，儘管告訴我們。）

情境⑧

Which country are you from? 是失禮的說法
多文化環境下的禮節

Case study ：失敗情境

＜小山汽車零件的加藤先生，與 Bill、Debbie 一起用餐。三人吃著日本料理，在輕鬆的氣氛下交談。但加藤先生看到 Bill 筷子用得很好後，講了這樣的話＞

加藤： Oh! You can use chopsticks very well!
（哦！你筷子用得很好！）

Bill： It's easy. There are many Japanese restaurants in New York.
＜有點愣住的樣子＞**（很簡單啊！在紐約有很多日本餐廳。）**

加藤： Debbie, do you often eat Japanese food?
（Debbie，你也常吃日本食物嗎？）

Debbie： Not as often as Bill.**（沒像 Bill 那麼常吃。）**

加藤： So, Debbie, you're not from America. Which country are you from?
（所以 Debbie 你應該不是美國來的吧？妳是哪個國家來的？）

Debbie： I'm from Australia. Do you know where that is?
＜有點不知該說什麼的樣子＞**（我是澳洲來的。你知道澳洲在哪裡嗎？）**

? 到底哪裡講錯了？

加藤先生請 Bill 與 Debbie 吃晚餐，為了讓氣氛熱絡些，稱讚了 Bill 的筷子用得很好。但 Bill 平常就常吃日本料理，而且又是從很多日本餐廳的紐約來的，對他來說，筷子用得好很正常。要說「筷子用得好的外國人不多」，已經是很久以前的事了。

其實，這是和外國人用餐時，很多亞洲人都容易脫口而出的話。反過來想，如果我們到歐美旅行時，別人對我們說：「哦！你的刀叉用得很好！」我們會做何感想？

加藤先生或許是真心稱讚才那麼講，但是用「You can use～」這種說法，並不適切。這種口吻是對小孩說的話，聽的人會覺得：「你是在看不起我嗎？」

而且，加藤先生先自以為是地對 Debbie 說：「你不是美國來的，對吧？」接著又問：「Which country are you from?」這樣的說法，可能會讓 Debbie 覺得不快，心想：「都已經一起做專案這麼久了，怎麼會連這點事都不知道？」所以她才會語帶諷刺地反問：「你知道澳洲在哪裡嗎？」

應該這樣講才對！

對常講英語的人來說，我們不容易從其發音或音調的特徵中判定他是美國人，還是英國人。所以，絕對不能任意猜測。

事實上，身為工作夥伴，團隊成員出身哪裡、有著什麼樣的文化，都應該事前調查、了解。預先掌握即將碰面的夥伴是什麼背景，是基本的商業禮儀。

但如果還是不知道對方是哪裡人，也不要用「Which country ～」這種問法，可以用以下的方式詢問：

> Where are you from? **（你是打哪裡來的？）**
> Where is your home town? **（你的家鄉在哪裡？）**

這麼問的話，對方就會告訴你他從哪裡來。如果城市的名稱你沒聽過，只要做出「不知道」的表情就好了。這樣對方就會問：「Do you know ～？」舉出大都市或州的名稱，或是講出眾所周知的地標。接下來，可以和對方聊你曾經去過或還沒去過當地的話題，就可以找到話題繼續聊下去了。

最重要的是，我們不要在妄下定論後才提問，而要讓對方自己講給我們聽。

再補充一點

不要以刻板印象看人！

加藤先生因為「外國人竟然會用筷子」而吃驚，這背後存在著「只有日本人會用筷子」的刻板印象。社會上流傳的刻板印象，雖然某種程度可以理解，但如果太過受到影響，看待自己工作夥伴的眼光，可能就會扭曲，對方也會因此不快。大家應該捨棄「某個國家的人都是這樣」的刻板印象，用人與人之間的平等關係往來。

Case study：成功情境

弄懂以上的訣竅後，對話就會變成這樣。

加藤： Debbie, where is your home town?
（Debbie，妳的家鄉在哪裡？）

Debbie： Newcastle.**（新堡。）**

加藤： Newcastle? Where is that?
（新堡？在哪裡呢？）

Debbie： Near Sydney.**（靠近雪梨。）**

加藤： I see. How often do you go back to Australia?
（原來！妳多久回一次澳洲呢？）

Debbie： Well, not as often as I wish to do. Maybe twice a year.
（喔，沒辦法像我想的那麼常回去。一年兩次左右吧！）

情境⑨

第一印象最重要
不失敗的「開口寒暄」法

Case study ：失敗情境

＜公司把加藤先生外派到世界汽車的新加坡分公司。加藤正在當地員工面前發表到職感言。在自我介紹後，他接著講了如下的話＞

加藤： I'm very nervous now because this is my first overseas assignment.

（我現在非常緊張，因為這是我第一次被派到海外。）

Thus, I would like to apologize in advance if I may be troubling many of you in this operation.

（所以，我要先為可能在這裡給很多人添麻煩表達歉意。）

As you know, in our industry, we are facing more difficulties than before.

（如各位所知，我們正面臨過去這個產業所沒有的困境。）

We Japanese have a saying, *Kigyo wa hito nari*, which means "The most valuable resource for corporations is people."

（我們日本人有一句話說：「企業如其員工」，意思是「企業最有價值的資源就是人」。）

WORDS

✔ **assignment** 任命、派職、分派下來的工作
✔ **resource** 資產、資源、物資

Therefore, I would appreciate it if you could work harder.
（所以，我會很感謝你們能更努力工作些。）

? 到底哪裡講錯了？

直接翻譯母語的想法，容易給人不好的印象

上述對話當中隨處可見亞洲人容易犯的錯誤。我們來依序看看畫底線的部分吧。首先是「I'm very nervous」。有些人不習慣上台講話，很容易就因為想要坦率告知對方「自己很緊張」，而用了這樣的說法。但一劈頭就用「nervous」這種負面的字眼，就商業場合來說實在不合適，會給人「靠不住」的感覺。

再者，加藤先生又用「I would like to apologize」表達他的歉意。這是因為他將「諸多不備之處，敬請見諒」的想法直接翻譯成英語。但這樣說可能會讓初次碰面的當地員工感到不安，覺得讓這個經理帶領我們，真的沒問題嗎？接下來加藤又用了「difficulties」這個字，但這個字代表著嚴峻的困難或苦境，也是會讓當地員工感到壓力的說法。

而「we Japanese」是日本人常會使用的說法，但聽的人會產生一種「日本人那麼特別嗎」的距離感。

最後，加藤先生為了激勵員工而說「if you could work harder」也有問題。這會讓對方覺得好像在對他們說：「你們給我多做一點事」。

直譯母語使得加藤先生才剛到職，就給人不好的印象。

應該這樣講才對！

初次見面的場合中，要傳達想法時，應該使用下面這種帶有正面語意的說法。

> I'm very excited to be here.
> **（我非常興奮能來到這裡。）**
> I was looking forward to coming here.
> **（我一直很期待來這裡。）**

另外，職場中，常會講到「問題」、「課題」等字。很多人會直譯為「problem」、「difficulty」，但這些字都帶有負面的語意。雖然在文法上沒有錯，但若在商業場合中經常使用這樣的字，會給人負面印象。

在致辭時如果談到「未來的課題」，最好使用 challenge 這個有積極意義的字來表達（參見 P78）。這樣就能傳達出「有挑戰價值」的語意，讓人留下「你很厲害」的印象。

切記，直譯母語的英語絕對不適當。就算你是新到職的主管，也不要用「多給我努力些」這種高高在上的口吻，應該謹記著強調「團隊合作」，使用「Let's work together ～」（一起來努力～吧）的說法。

Case study：成功情境

了解以上的訣竅後，對話就會變成這樣：

加藤： We are facing more challenges than in the past.

（我們面對比過去更多的挑戰。）

In Japan, we have a saying, *Kigyo wa hito nari*, which means "The most valuable resource for corporations is people."

（日本有一句話說「企業如其員工」，意思是「企業最有價值的資源就是人」。）

I deeply appreciate your continued hard work. This is a great team. Let's work together to meet our challenges.

（我深深感謝你們過去持續辛勤的工作。你們是很棒的團隊，今後我們大家一起面對挑戰吧！）

Thank you for listening. Do you have any questions?

（感謝你們的聆聽，不知道是否有任何問題？）

 再補充一點

要注重眼神接觸

許多人對於用英語演說很沒自信，只會做小抄，看著稿子照讀，然而，其實最重要的是「眼神接觸」。我不是說做小抄不行，但經常看著對方、確認他們的反應，是相當重要的。這既能得知對方理解多少，也能讓溝通變得更順暢。

情境⑩

在演變為情緒性衝突前應該先懂的事
「雙方見解不同時」可用的單字

Case study ：失敗情境

＜被外派至世界汽車新加坡分公司的加藤先生，把身為自己部屬的當地員工吳先生，找到辦公室做人事考核面談＞

加藤： Tell me your assessment.
（告訴我你自己的評鑑結果。）

吳： I believe this is “Above Expectations.”
I think I did a good job.
（我相信應該是「超乎預期」。我認為自己工作做得很好。）

加藤： Your rating is too far from mine. I marked “Below Expectations.”
（你自己的評鑑結果和我的評鑑差太多了。我打的分數是「低於預期」。）

吳： What? That’s ridiculous. I put all of myself into this project. How can you say that?
（什麼？那太離譜了。我全心投入在這個案子裡，你怎能講那種話？）

加藤： You haven’t given me the report, yet.
（你還沒把報告交給我。）

吳： Yes, I have.（有啊，我交了！）

WORDS

✓ **assessment** 評價、估價
✓ **expectation** 期待、預期
✓ **ridiculous** 可笑、離譜

加藤： Please don't be emotional.（**請不要這麼情緒化。**）

吳： I'm not emotional. I'm just telling the truth.
（**我沒有情緒化。我只是在陳述事實。**）

? 到底哪裡講錯了？

沒聽對方的說明就妄下定論

對於吳先生的自我評鑑，加藤先生沒先聽他的成果與說明，就直接說：「和我的評鑑差太多了」。使得吳先生激動的表示：「我全心投入這個案子」，加藤先生卻也只淡淡地回答：「你還沒把報告交給我」，好像已經認定就是這樣了。面對吳先生反駁：「我已經交了」，加藤先生更無意確認他講的是不是事實。

不只是人事考核面談的場合，如果在判斷事情時沒有依據客觀事實，只單方面講自己想講的，必然會引發問題。雙方意見不同時，先聽對方怎麼說，是最基本的禮節。假如只把自己的意見強加於他人身上，人際關係當然不好。

! 應該這樣講才對！

關於報告，「你沒有交」這種說法太武斷了，如果改說：「我並沒有收到你的報告」，就會是客觀陳述「事實」。這種情況下，可以採用以下的說法，避免影響對方的心情。

WORDS ✓ **emotional** 感情的、情緒性的

What's going on with your report?

(你的報告怎麼了嗎？)

How is the progress of your report?

(你的報告進度如何？)

I haven't seen the report, yet.

(我還沒有看到你的報告。)

不光是報告，要確認工作的進展狀況時，也不要直接武斷地說：「你還沒做對吧」，應該問對方：「你做到哪裡了？」雙方的對話就會比較順暢，不致演變為糾紛。

多數人會覺得「對外國人把事情講清楚比較好」，但「有事就講清楚」與「妄下論斷」是兩回事。

再補充一點

見解不同時「There is a gap ～」很好用

自己與對方對事實的看法相異時，可以先使用以下的句子：

There is a gap in our views on this issue.

(在這件事上，我們的看法有落差。)

這麼講可以指出雙方的意見不同，用詞又不至於太尖銳，是很漂亮的說法。請務必記起來。

Case study ：成功情境

了解以上的訣竅後，對話就會變成這樣：

加藤： I haven't seen the report, yet.

（我還沒看到你的報告。）

吳： You haven't? I saved the report in the task file. Did you check it?

（你還沒看到？我把報告存在工作檔裡了。你看過了嗎？）

加藤： Oh, in the task file. I'm sorry. I will check later. I'm glad to know that.

（喔，在工作檔裡。抱歉，我等一下會去看。很高興知道這件事。）

吳： Me too. If you see the report, you will know why I put "Above Expectations."

（我也是。等你看過報告後，你就知道為何我自評為「超乎預期」了。）

情境⑪

輕易使用 Problem，會出「問題」既能「提醒、建議」對方，又不會使人沮喪的方法

Case study ：失敗情境

＜到世界汽車新加坡分公司任職的加藤先生，把時間管理較鬆散的當地員工 Jessie 找來面談。他似乎心意已決，「今天一定要狠狠說她一頓」。＞

加藤： I'd like to tell you your problem.
（我想和妳談談妳的問題。）

Jessie： My problem? What is that?（我的問題？什麼問題？）

加藤： Don't you think you have trouble with time management?
（難道你不覺得你在時間管理上有問題嗎？）

Jessie： Oh, you mean that I was late for the meeting last week.
（喔，你是指上星期開會遲到的事。）

加藤： Yes. You are always late. You must be careful.
（對。妳老是遲到。妳得小心點。）

Jessie： I'm very sorry.（我很抱歉。）

加藤： There is a good time management program. You should take this course.
（有一門不錯的時間管理課，妳應該去上。）

Jessie： Yes, sir.（是的，長官。）

? 到底哪裡講錯了？

對方會覺得被單方面責罵

若以日本的主管和部屬間的關係來看，這樣的對話內容沒什麼不對。但如果考量到英語中隱含的語意，這樣的說法不是會激怒員工，就是會使人沮喪。

Jessie 最後回答：「是，長官。」這是在軍隊裡使用的敬語，她在這個場合使用，其實是語帶諷刺。遲到當然不對，但 Jessie 會覺得，自己工作做得好的地方，主管沒有稱讚，卻不分青紅皂白兇了他一頓。

第一個重點在於，加藤用了「your problem」、「you have trouble」這些帶有負面語意的字詞。被主管這樣講，心情當然不會太好。

而且，加藤先生還用了「Don't you think ～」這樣的說法。這雖然是英語課本中常出現的句型，卻是一種在上位者用來告誡下位者的講法，也是一種讓聽者心裡不舒服的句子。而「You must be careful」也會給人單方面斥責的印象。

! 應該這樣講才對！

要指出對方的問題點、給予建議時，可使用以下的說法：

> I'm concerned about ～
> **（～令我擔憂；我擔心～）**
> I'm worried ～ **（我擔心～）**

可以把自己的擔心之處告訴對方，但主管不是為了發火才責罵部屬，而是因為希望部屬改變行為，才把問題點出來。所以請謹記，要先把自己擔心的事講出來，再看看對方怎麼想、有多少自知之明。雙方一起思考該如何改善才是最佳的管理之道。

有時，我們可能會以為「對外國人非得把事情講得一清二楚不可」，導致講得太過火。說英語時，除了用詞之外，也要注意講的口吻與身體語言。

點出應該改進的行為後，若能回問對方：「你對我是不是也有什麼意見？」可以提升彼此隸屬於同一團隊的凝聚力。這時，可使用如下的說法：

> If you have any requests, ～
> **（如果你有任何要求～）**
> If you have something you would like me to help you with, ～
> **（如果你有什麼希望我提供協助的～）**

Case study：成功情境

了解以上的訣竅後，對話就會變成這樣：

加藤： I'd like to discuss with you an area for improvement.
（我想和妳討論一下一些妳可以改進的地方。）

Jessie： Okay. Could you tell me what that is?
（好。可以告訴我是什麼事嗎？）

加藤： I'm concerned about your time management.
（我擔心妳對於時間的管理。）

Jessie： Oh, you mean that I was late for the meeting last week.
（喔，你是指上星期我開會遲到的事嗎？）

加藤： Actually, that was not the only time. I know no one is perfect. So we should be more careful.
（事實上，不是只有那次。我知道人都不是完美的，所以我們都應該多注意。）

Jessie： I'm very sorry. Do you have any suggestions?
（我很抱歉。你有什麼建議嗎？）

加藤： I'd like to recommend a good time management program for you.
（我想建議妳去上一門時間管理課程。）

Jessie： Thank you for your concern.
（謝謝你的關心。）

WORDS

- ✓ improvement　改善
- ✓ suggestion　提案、建議
- ✓ recommend　推薦

情境⑫

改變開會時的沉悶氣氛
會議主持人要創造「積極氛圍」

Case study：失敗情境

＜到世界汽車新加坡分公司工作的加藤先生，在顧問 Charles Lambson 先生的委派下，擔任一場選定收購對象的會議主持人＞

Charles： I will be assisting Mr. Kato to facilitate this team.
（我將會協助加藤先生促成這個團隊。）

＜其後，Charles 一面比較可行收購對象的優缺點，一面解說。聽了之後，Jessie 露出詫異的表情＞

Jessie： Making this kind of choice is a real dilemma.
（要做這樣的選擇可真是兩難！）

加藤： Jessie, I understand, but it can't be helped.
（Jessie，我了解。但這也是沒辦法的事。）

Charles： Hey, don't be pessimistic!
（嘿，別那麼悲觀！）

加藤： I'm sorry.**（抱歉。）**

? 到底哪裡講錯了？

「沒辦法」不是主持人該講的話

對於收購對象的選擇，Jessie 覺得是一種兩難。對此，身為主持人的加藤，可以表達「我了解」這樣的共鳴感，但後面他卻多講了「but it can't be helped」。

「沒辦法」這句話經常出現在日本人的對話中，但在英語裡，會給人一種草率的印象，不太常使用。所以顧問 Charles 才會提醒他「不要那麼悲觀」。

事實上，會議主持人對於會議內容未必必須具備專業知識，也沒有立場逐一贊成或反對與會者的意見。主持人不單單是帶領會議的進行而已，也必須積極引導與會者提出意見，或是調整討論內容、修正討論方向。加藤先生應該做的是，努力讓 Jessie 的發言往積極的討論發展。

! 應該這樣講才對！

在帶領會議進行時，經常會碰到討論陷入僵局，或是遭遇難題的情形。這時，主持人有責任提醒與會者回歸原本的使命與角色，讓大家能夠積極討論正題。在這樣的情況下，可以用如下的句子：

> That's why we are here to think about ～
> **（這也是為什麼大家會齊聚於此一起想～）**

 再補充一點

主持人應該以正面的用詞建立有利於討論的氛圍

在出現不易討論的問題時，會議主持人自己不能不知所措或是默不作聲。

在商場中，很多時候必須做出困難抉擇。尤其是「每個選擇都有道理」的狀況經常會發生。這時，主持人必須引導與會者深入討論議題，必須讓大家從優缺點各方面全盤思考，並以正面的用詞帶動與會者，創造出有利於討論的氛圍。在全球商業場合中，這些都是主持人必須具備的技能。

雖然會議主持人基本上必須抱持中立態度，但為了讓大家更深入討論，有時必須透過提出反對意見、向與會者提出問題，刺激與會者思考、發言。此外，同樣重要的是，主持人還必須夠細心、夠貼心，不能讓同一個人發言過多，要注意每個人都有說話的機會。總之，主持人在會議當中，必須好好觀察與會者的反應。

Case study：成功情境

了解以上的訣竅後，對話就會變成下面的情況。雖然句子有點難，但由於這樣的說法能促使會議順利進行，請各位務必學會。

Jessie： Making this kind of choice is a real dilemma.

（要做這樣的選擇，還真是兩難！）

加藤： Jessie, success in our business has always been about tough choices.

（Jessie，我們總是得做出困難的抉擇，才能讓事業成功。）

But we have to face the dilemma and think strategically.

（我們必須面對兩難的狀況，從策略角度思考。）

Charles： Exactly. **（完全沒錯。）**

If we remember what our strategic intent is, we can identify the criteria for choosing our partner.

（假如我們回歸原本的策略方向，就能夠確知挑選合作夥伴的標準。）

WORDS

- ✓ **strategically** 策略性的
- ✓ **criteria** 基準、標準（criterion 的複數形）

情境⑬

具備主持電話會議的能力 不知如何回應時就徵求建言

Case study：失敗情境

<到新加坡工作的加藤先生，必須以英語參與電話會議。由於第一次開電話會議，加藤很緊張，於是向走進會議室的顧問 Charles 表明了自己的不安>

Charles： Kato-san, are you all right?
（加藤先生，你還好嗎？）

<加藤先生心不在焉地看著電話會議要用到的資料>

加藤： I'm afraid that I will make mistakes during the teleconference.
（我很害怕自己會在電話會議中出錯。）
What should I do?（**我該怎麼做？**）

Charles： Don't worry. You will do fine.
（別擔心，你行的。）

加藤： . . . okay, let's start.（**好，那開始吧！**）
Hello, this is Kato. Mr. Collins ?
（哈囉，我是加藤，是柯林斯先生嗎？）

Bill： This is Bill. Kato-san, how are you doing?
（對，我是 Bill。加藤先生，你好嗎？）

<這時 Bill 那邊有另一名與會者 Linda 加入>

Linda： Sorry, I'm late.（**抱歉，我來遲了。**）

加藤： Who are you?（**妳是誰？**）

Linda： Umm, I'm sorry. This is Linda Black. It's been a while. How are you?
（啊，抱歉。我是琳達．布萊克，好久不見。你好嗎？）

<加藤搞不懂電話那頭的狀況，腦子愈來愈混亂>

到底哪裡講錯了？

只籠統表達自己的不安，沒有徵求具體的建議

看到加藤先生第一次開電話會議，顧問 Charles 找他講講話。但加藤先生視線沒有離開資料，只籠統地以「I'm afraid that ～」表達自己不安的心情。

雖然他問了「What should I do?」，但這也是空泛地喃喃自語而已，Charles 也只能幫他打氣，告訴他：「Don't worry. You will do fine.」。因為 Charles 並沒有得到「加藤在向我徵求具體意見」的訊息。使得加藤沒辦法去除不安，就硬著頭皮開電話會議了。

這種狀況下，加藤先生應該具體告知自己擔心什麼，並坦率表示：「我想聽聽你的建議」。這樣的話，Charles 就會給出具體建議。還有，用英語交談時，眼神要和對方接觸，這件重要的事也請謹記。

應該這樣講才對！

在徵求包括同事、主管或顧問在內的工作夥伴提供意見時，要具體告知想要商量什麼，並使用如下的說法：

May I ask your advice?
（可以請教你的建議嗎？）

再補充一點

在「電話會議」中使用的句子

在全球商業場合中，常會需要進行看不到對方影像的電話會議。訣竅在於，就算大家在會前已經以電子郵件分享議題內容或與會者資訊，實際開會時，還是必須確認相關資訊。

首先是議題的確認。

Let's begin by reviewing the agenda for today's meeting.
（我們先檢視今天的議程吧！）

接著確認雙方的參加人員。

Why don't we have some quick introductions so everyone knows who is participating.
（我們要不要快速介紹一下，這樣大家就知道有誰參加。）

此外，加藤先生對於遲到的Linda小姐問了一句：「Who are you?」這聽起來像是在質問一樣。這時，應該要問：

Who's speaking? **（請問講話的是哪位？）**

接著再請求對方自我介紹：

Could you identify yourself? **（能否請您介紹自己？）**

WORDS ✓ **participate** 參加

由於確認與會者有誰很重要，也可以活用以下的說法：

Excuse me, I'm a little confused.
（不好意思，我有點搞不懂。）

I'd like to identify the current participants one more time.
（我想再確認一次目前的與會者。）

會議的最後，也要簡單整理一下開會內容。

Let's summarize what we covered today.
（我們來整理一下今天討論的事項。）

Case study：成功情境

加藤先生若要徵求 Charles 的建議，應該以如下的對話表達：

Charles： Kato-san, are you all right?

加藤： I'd like to facilitate this teleconference effectively.
（我希望能有效率地把這次的電話會議主持好。）
May I ask your advice?
（我可以問你的建議嗎？）

Charles： Sure. First of all, practice active listening. What I mean is do not hesitate to ask for clarification.
（當然可以。首先，好好聽大家講的內容。我的意思是，聽不懂時就儘管問清楚。）

WORDS

- ✓ **participant** 參加者、出場者、與會者
- ✓ **effectively** 有效地、有效率地
- ✓ **hesitate** 遲疑、猶豫
- ✓ **clarification** 說明、說清

Second, make sure to identify whoever joins the teleconference.

（其次，有人加入電話會議時，一定要確認身分。）

情境⑭

不要怕針鋒相對
拿出根據，明確「反駁」

Case study：失敗情境

＜小山汽車零件的加藤先生自新加坡歸國，公司客戶日本汽車的 Bill，向他提出希望變更雨刷規格，以降低成本的要求，表示只要不堅持目前那麼高的耐用度，成本就有降低的空間，也可能在全球採用標準化商品。但加藤先生擔心，一旦耐用度降低，駕駛人可能會投訴＞

加藤： You had better not change a current standard.
（你們最好別改變目前的標準。）

Bill： Why not? If we standardize the product, everyone will benefit.
（為何不能？假如我們將產品標準化，大家都將受惠。）

加藤： But Japan is different from other countries. That's why we can't change specifications.
（但日本和其他國家不一樣。這就是我們無法改變規格的原因。）

Bill： You say Japan is "different," but every country is unique. What's your point?
（你說日本「不一樣」，但每個國家都是獨特的。你的論點是什麼？）

WORDS
- ✔ **standardize** 標準化、規格化
- ✔ **specification** 規格、明細、詳述

加藤： The Japanese customers are very demanding.
（日本顧客的要求都很高。）

Bill： We know that. But we should work it out, right?
（這個我們知道。但雙方該設法解決，對吧？）

? 到底哪裡講錯了？

反駁時要有明確根據才能說服人

首先，加藤先生竟然對提出要求的往來大客戶講出「You had better not change ～」這樣的話。「had better not ～」雖是英語考試中常出現的句型，卻帶有「警告」的語意。在商業場合中，對方可能會覺得你在命令他，或是威脅他。

無法答應對方的要求時，固然可以表達出「不行」，但是應該提出明確的根據。而加藤先生卻以「Japan is different」這種不成理由的理由，回絕對方的要求。日本人很喜歡強調「日本不一樣」，但這種說法根本稱不上什麼根據。果不其然，Bill 回擊之後，加藤無法提出明確的反駁理由。

使得加藤無法好好把他的擔憂表達出來，只能任由 Bill 一直講下去。

應該這樣講才對！

無法同意對方主張時，如果一劈頭就只講「No!」，就失去開會的意義了。應該先聽完對方的說法，再用以下的句子，表達自己擔憂的事項：

> I can't recommend ～
> **（我不建議～）**
> I have a concern ～
> **（我擔心～、我關切的是～）**

關鍵在於，要附上明確的反對理由。

再補充一點

培養英語的邏輯思考能力

以英語開會或談判時，經常必須用邏輯說服外國人。若你講出：「We can't change ～」，表示「辦不到」時，對方通常會馬上問：「Why not ？」問你「為何辦不到？」並追問你：「不做做看怎麼知道不行」，試圖找出問題。

光是用英文講就很苦惱了，對方還大加反駁，許多人很容易因而就退縮。

如果平常就能訓練自己，一聽到別人問「Why」，就先想好怎麼用「Because ～」回答，任誰都能養成邏輯思考的能力。還有一點很重要，就是務必抱持著「不能退縮，一定要想出怎麼回答」的心態。

Case study：成功情境

了解以上的訣竅後，對話就會變成下面這樣：

Bill： We know that. But we should work it out, right?
（這個我們知道。但雙方該設法解決，對吧？）

加藤： Well, it's okay to discuss the possibility of changing the specifications. But I have a concern I should share with you.
（是的，是可以討論的改變規格的可能性，但我也想告訴你我心中的疑慮。）

Bill： Okay, go ahead.（好，你說。）

加藤： As you may know, the average Japanese driver uses wipers more often than the American driver.
（或許你知道，日本駕駛人通常比美國駕駛人還常使用雨刷。）
Therefore, Japanese wipers require more durability than in America. So if we change it, you should know its consequence.
（因此，日本的雨刷必須具備比美國雨刷還高的耐用度。如果我們改變了規格，你應該知道後果是什麼。）

WORDS
- ✓ **durability** 耐久度、耐用度
- ✓ **consequence** 結果、後果

情境⑮

也要扮演解說文化的角色
客氣與察知他人心意的溝通方式不管用

Case study ：失敗情境

＜Bill 希望小山汽車的加藤先生介紹他認識其他零件製造商，於是他把關係企業的小川先生介紹給 Bill 認識。Bill 問小川先生，何時能夠加入團隊＞

Bill： So if we invite your team to join our design process, how soon can we see it happen?
（如果我邀請你們團隊加入設計流程，你們最快何時能夠開始？）

小川： We need more time to examine the situation.
（我們需要多點時間檢視目前的狀況。）

Bill： Okay, but just give me some idea. How long does it take?
（好，但能否告訴我，可能要多久時間？）

＜小川先生盤起手，沒有開口，陷入沉思＞

Bill： Is there a problem?（有什麼問題嗎？）

加藤： No problem!（沒問題！）

Bill： Then, what?（那到底怎麼了？）

加藤： He is thinking now. Please don't interrupt him.
（他正在思考。請不要打斷他。）

WORDS ✔ **interrupt** 打擾、打斷

? 到底哪裡講錯了？

沒有把溝通方式的差異講清楚

小川先生還不習慣用英語開會，因此，對於回答 Bill 的問題十分小心翼翼，才會盤起手不講話、陷入沉思。Bill 擔心自己是不是講錯了什麼話，才會問加藤先生。但加藤先生身為兩造的中間人，卻沒有當場向 Bill 適切說明雙方在溝通方式上的差異，還表示「Please don't interrupt him」。雖然前面加了 please，仍然帶有「不要打擾他」的命令口氣，聽起來很沒禮貌。

東方人有句話說：「聞一知十」，意即除了真正講出來的話語本身以外，也要重視講話時的背景、雙方關係、氛圍、前後脈絡等因素，這是一種高度注重整體情境的溝通；相對的，在英語國家，父母都會教子女「Tell it like it is」（照實說）。也就是說，他們比較重視話語本身，而非整體的情境，傾向重內容的（high-content）溝通。

假如沒有體認到這樣的差異，光是很會講英語，一樣無法在跨文化的全球商業場合中做好溝通。應該同時考量到情境與內容，視需要調整自己的溝通方式，才能扮演好為兩造介紹彼此文化的角色。

應該這樣講才對！

小川先生似乎比加藤先生還不擅長英語，所以身為介紹人的加藤先生，應該要把為什麼小川先生會盤手陷入沉思的原因，向 Bill 說明清楚。例如：

> I think ～ may need a little time to think about this.
> **（我想～或許需要一點時間思考一下這事。）**

像這樣解說過後，再附帶說明為什麼需要思考時間，就能讓 Bill 更容易理解。例如，可以提出「日本企業多半採合議制，無法當場決定」這類理由。

再補充一點

當個文化傳達者（cultural interpreter）！

口譯員的英文叫 interpreter。在全球環境中工作的企業人，都應該期許自己成為 cultural interpreter，也就是文化的傳譯員、解說員。要能夠把自己國家文化背景的價值觀、習慣、傳統，說明給其他文化圈的人知道。

在多文化的全球化世界中，需要的是能夠理解與接受他國文化的全球商業領導人。

理解與接受他國文化，也等於是在重新認識自己的文化，重新檢視自己的身分。

Case study：成功情境

了解以上的訣竅後，對話就會變成這樣：

Bill： Is there a problem?

（有什麼問題嗎？）

加藤： I think Ogawa-san may need a little time to think about this.

（我想小川先生可能需要一點時間思考一下這事。）

Bill： Okay, but why?

（好，但為什麼？）

加藤： As you may have heard, in Japan we use a collective decision-making system.

（或許你也知道，在日本通常都採合議制。）

So probably Ogawa-san needs some time to sort through all the details.

（所以小川先生或許需要一些時間釐清細節。）

Bill： I see.（原來如此。）

WORDS

✓ **sort** 整理、排列、分類

通往「道地英語」的捷徑 在於思維轉換

——和「考試英語」說再見——　　船川淳志

我從事全球人才培育與組織開發顧問工作，已經二十三年了。其間，我指導過全球七十多個國家、四萬多人，教他們在全球戰場中作戰所需的武器。

在這二十三年中，我發現以下兩件事：

事實 1：全球的商業公用語言「全球英語」，急速普及當中
事實 2：即便如此，日本人的英語能力卻沒有提升

我在自己的第一本著作《跨文化管理——全球組織的新手法》（*Transcultural Management － A New Approach for Global Organizations*；Jossey-Bass 出版，1997 年）中，寫過如下的內容：

Nonnative English-speaking people are the native speakers of international English, the most commonly spoken language in the global business community.

也就是說，全球最常使用的語言雖然是英語，卻是國際英語（當時在英語教育家或異文化教育家之間，一般都是這麼稱呼它的），也就是現在講的「全球英語」；那時我就認為，我們這些把英語當成外國語言使用的人，才是大多數，而不是那些把英語當成本國語言使用的人。

這本書是在 1990 年代中期寫的。雖然東西方的冷戰結束已經好幾年，但那時別說是臉書了，就連 Google 也尚未成立。隨著後來的網路發展，使用全球英語的人也急速增加，現在據說已達到近二十億人。我深刻感受到，就連以前英語不是那麼好的泰國、越南、孟加拉、東歐各國、南美乃至於中美的經理級人士，英語能力都漸漸進步。在中文裡，用的是「全球化」三個字，剛好可以描述全球英語在全世界普及的現象。

不過，日本人的英語能力還是沒什麼進步。2009 年，我在和大前先生對談的《全球領導者的條件》中曾提到，「英語能力差是國家的損失」。如今，我一直抱持的「不擅長全球英語是國家的悲劇」這種危機感，不但沒有消失，反而每年愈來愈強烈。

那麼，為何我們的英語能力沒有進步呢？根本原因就出在學校教育上。

現在雖然把英語當成公司內部公用語言的企業愈來愈多了，但不少第一線員工因而反彈，變成「討厭英語」。人之所以討厭英語一定有原因。小朋友都很敏感，都會察覺到，英語老師明明自己英語不好，卻還來教英語。也就是說，雖然沒有到認為老師是「假貨」的地步，還是覺得不對勁，認為「那不是道地的英語」。而且，教學的目的並非「學會全球通行的全球英語」，而是「學會考試用的英語」。大家都養成了只知道死記單字或諺語，甚至翻譯倒裝句的壞習慣。等到成為社會人後，又因為追求多益的分數，而讓過去考試用英語的壞習慣又恢復了。

那麼，到底該如何學好英語呢？關鍵在於，教英語的人與學英語的人，都要做到接下來我指出的「典範轉移」。

1. 拋開「英語不是母語」的情結，把自己當成以全球英語為母語的人！

如前面提到的，目前全球使用的是全球英語，不是美式英語，也不是英式英語。新加坡英語很有名，但新加坡、印度與波羅的海三小國（愛沙尼亞、拉脫維亞、立陶宛）的人，雖然都有各自的口音，卻都毫不畏懼地使用全球英語。而且不只是講而已，也會大方提問，不會「不懂裝懂」。

就語言學來說，假如在十幾歲之前，沒有接觸到以英語為母語的音調，發音就沒辦法像以英語為母語的人那樣標準。當然，透過發音矯正的訓練，努力降低過重的音調固然也很重要，但多數人對於這種「字正腔圓的英語」抱持太高的幻想，以至於未能做到更重要的事。有些人則是覺得「反正我不可能像以英語為母語的人那麼厲害，乾脆不要學」，陷入一種把「不學英語」正當化的消極思維當中。

我想強調，只要我們把自己視為「以全球英語為母語的人」，就能自然地和英語打交道。

2. 戒除考試用英語的三大壞習慣！

2003 年，我在 NHK 教育台《實務商業英語會話》的節目中，當了半年的講師。要我當英語老師，我是當不來的；但如前面提到的，我自己已經實際「以英語洽商」三十多年。我在這份工作中發現，過去的語言學習節目，到頭來都是考試用英語的延伸。亦即，這些節目反而會讓觀眾已有的三種壞習慣（我接下來就會講）變得更嚴重。

首先是對於**「正確英語」**的幻想。那時，我製作了一些在全球商業場合中會使用的實用英語，但節目製作人員卻不斷問我一些像是「時態這樣用可以嗎？」或是「指示代名詞可以這樣用嗎？」的問題，讓我很受不了。因為 NHK 是公共電視，假如播的不是「正確英語」，全國眾多喜歡鉅細靡遺檢查文法、信奉「正確英語」的狂熱分子，都會有意見。

為求謹慎，我要在此表明，我並不是要否定學習正確文法或語法這件事。只是，日本人把太多時間與精力花費在這件事情上了。雖然我們自己很在意把「th」發成「s」，或是「v」與「b」的發音不同，但我敢說根本不會有外國的商務人士認為這是什麼大問題，而特地指正你。

第二個壞習慣是**「某個字就對應某種意思」**。例如，看到「engagement」這個字時，各位會聯想到什麼？由於坊間流傳「engage ring」這種半對半錯（engagement ring 才正確；婚戒之意）的日式英語，大家會聯想到的或許是「婚約」吧。但在商場中，經常出現的是「I'm engaged in the project」的句子，也經常會有「engage manager」這種職稱；而

「client engagement」這個字就代表客戶的業務專員。

假如養成「engagement ＝婚約」這種「某個字就對應某種意思」的習慣，將無法理解上述這幾種說法。學語言最重要的是理解字詞原本的意思。例如，只要知道「engage」這個字有「交手」、「參與」的意思，應該就知道上面這幾個詞是什麼意思了，當然，也就知道該怎麼應用。

第三個壞習慣是**「為知道而知道的陷阱」**。以前有一本書叫《你會用英語講這些東西嗎？》，這本書的書腰上就舉了「躲貓貓」(和嬰幼兒玩的互動遊戲）和「$a^2+b^2=c^2$」兩個例子。

這讓我覺得，很多讀者是不是都陷入了「為知道而知道的陷阱」呢？也就是陷入了：「不知道」→「焦慮」→「急急忙忙記下來」→「因為沒有機會使用，又忘記了」→「又碰到不懂的字，再次焦慮」的循環。在我擔任 NHK 節目的講師時，剛好就在書店的平台看到那本書，我感到如坐針氈。因為這本書的內容技巧地抓住了讀者的這種心理，這點我很佩服；但卻可能有更多讀者因而陷入「為知道而知道的陷阱」，雖然一時激起了想學英語的動機，但學一學又放棄了，變成學學停停的惡性循環。

這時，應該要冷靜想想：「日常中會有機會讓我用到這些英語嗎？」。假如你是要在英語社會中養育孩子，或是親戚中有小朋友以英語為母語，那麼要記下「peekaboo」(躲貓貓）這個字就很簡單了。但如果是在商業場合中，大可不必去管這個字。至於「$a^2+b^2=c^2$」，只要當場寫在白板上或寫在便條紙上，就可以解決了。

3. 從靜態的學習方式轉換為動態學習方式！

如上所言，在考試英語中養成的「三大壞習慣」，已經根深柢固。不只是英語如此而已，我們的學校教育都是以靜態的學習為主流。老師只單方面向學生教學，沒有雙向的互動，無法徹底學好也是當然。

語言是活的，溝通是一種動態的過程。過程中經常有變化，腦袋必須視狀況挑選適切的用詞，並且講出來，再好好觀察對方的表情與反應，聆聽對方的發言，學英語就是這樣的連續工作。這絕非一問一答式的手冊所能應付，而是要「做中學」。

和大前先生對談時，才發現我們都是「在高中時沒講過英語」。大前先生是為了買豎笛，才展開專帶外國觀光客的導遊工作；我則是和外國人練習空手道與棒法才接觸英語。我們都是在成為大學生後，才進入全球英語的世界。

一開始講不好也無妨，只要能一邊冒冷汗，一邊持續下去，要學好就不是問題。你可以藉此拓展視野，從各國人士身上學習，又樂在其中。全球英語就是這樣的東西。

Chapter 2

資料來源：

「實用商業英語講座」

Practical English for Global Leaders (PEGL)

船川淳志「全球經理人的思維與技能」

本書主要介紹的是適用上班族使用的英語字詞，節目中的課程則是把焦點放在「(只) 懂得講英語的人」與「能以英語洽商的人」之間的落差，重點在解說一般人很缺乏、在英語環境中卻不可或缺的「思維」與「技能」。「失敗情境」、「成功情境」則以模擬影片呈現，和來賓一起思考最理想的說法，也學習在全球活躍的商務人士應該有的想法與態度。每次課程約三十分鐘，共二十五次。另外，這本書為了讓讀者更容易理解，已更動或重新編排節目中的部分內容。

Chapter 3

你能有禮貌地表達這些事情嗎？

&懂得怎麼寫禮貌的信件嗎？

講師：狩野みき
大前研一
松崎久純

Chapter3 第三章的使用方法

第三章要學的是在商業場合中合乎禮貌的英語表達方式。如同大家在前面的例子中看到的，很多人常以為，只要在命令形前面加個 please，就能夠表達出有禮貌的語意，但其實並非如此。學會如何表達才不會讓對方聽了不舒服，又能傳達出重要事項，是在全球工作時最重要的事。

本章分為三個部分。

(1) 使用合乎文法的禮貌說法！（講師：狩野みき）

「過去式」不單單只能表示過去的事象，也可以帶有委婉的語意，本章將介紹如何活用各種句型，有禮貌地表達想法。

(2) 學習禮貌表達的訣竅！（講師：大前研一）

除了透過文法以外，仍有許多技巧可以傳達出禮貌。大前研一根據自己在商業場合中經常碰到的情況，介紹溝通的訣竅。(1) 和 (2) 的部分最好能夠反覆發出聲音練習，熟記起來，就能在工作中立刻派上用場。

(3) 如何寫合乎禮貌的郵件（講師：松崎久純）

照著自己的想法寫英文電子郵件，很容易寫出許多失禮的字詞。這部分將教你如何有禮貌地寫好英文電子郵件。

講師介紹

狩野みき

慶應義塾大學研究所博士（英國文學系）。曾任英文報紙文化版記者、慶應義塾大學講師、聖心女子大學講師。目前經營「Wonderful Kids」學校，致力培育全球化人才。主要著作包括《全球精英都要學的「自我思考能力」課程（暫譯）》（日本實業出版社出版）、《女性的英語會話完全自習手冊（暫譯）》（alc 出版）。

講師介紹

松崎久純

在企業任職服務後，現擔任 Sideman 管理顧問公司代表。為培育全球人才的專家。慶應義塾大學研究所兼任講師，主要著作包括《英文商業書信只要弄懂四十種架構就全部懂了（暫譯）》、《用英語學豐田生產方式──所有精華與用詞（暫譯）》（均為研究社出版）、《用英語談製造（暫譯）》（三修社出版）等。

「可以幫我一下嗎？」

過去式可用於表達難以開口的事

外國人容易用的講法

Please help me.

在 Help me 前面加上 please 的說法，聽在母語人士耳裡，並不覺得禮貌。

要表達不好開口的事時，過去式很好用。

你的咖啡要加砂糖嗎？

講到過去式，大家在國中時應該都學過，它是用來表達「過去的動作或狀態」。這麼講固然沒錯，但是在商業場合中，要表達不好開口的事情時，也可以用過去式表達委婉語氣，請各位務必記起來。

A）Do you want some sugar for your coffee?

B）Did you want some sugar for your coffee?

B) 是過去式，確實可以解讀成「講話的人在問對方，過去是不是曾經需要砂糖」。但是，根據句子的上下文，過去式有時也可以用來「婉轉表達現在的事」。

假設這兩句話都提到「現在」，翻譯過來就會變成如下的語意：

A)「咖啡要加砂糖嗎？」

B)「您的咖啡是否需要砂糖？」

Did you want ～？由於用的是過去式，聽起來就比較委婉。

現在式由於講的是「此刻的實際狀況」、「半永久而不會改變的事實」，聽起來會像是直接斷定的語氣。如果用現在式劈頭就問 Do you want ～？，有時會給人一種「在找碴」的感覺。但如果用過去式表達相同的內容，對方會覺得沒有到「此刻的實際狀況」那麼強烈，也就會有「柔和、委婉、禮貌」的感覺了。

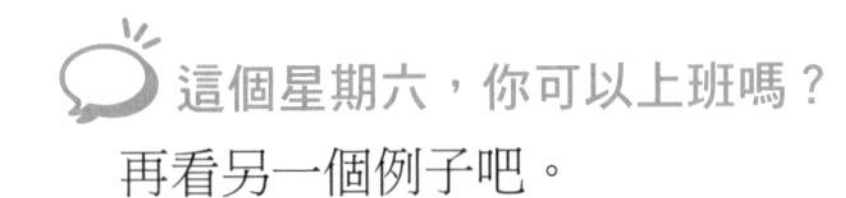

這個星期六，你可以上班嗎？

再看另一個例子吧。

C）I wonder if you could work this Saturday.

D）I wondered if you could work this Saturday.

兩個句子翻出後分別如下：

C)「這個星期六，不知你是否可以上班？」

D)「我在想，這個星期六，不知你是否可以上班？」

I wonder if ～有「想知道究竟是否～」的意思，原本就是一種委婉的說法。「I wonder if you could work this Saturday.」聽起來會比「Can you work this Saturday」要委婉。至於再用過去式「I wondered if～」，就更加委婉了。

可以幫我一下嗎？

在商業場合中，有時非得表達一些難以開口的事。這時尤其可以這樣講：

‖ I wondered if you could ～

在你拜託別人什麼事時，這句話可以用來表達「能不能請你幫我～」的語意。

如果要有禮貌地拜託別人「可以幫我一下忙嗎？」可以用：

‖ I wondered if you could help me.

希望別人閱讀資料時，可以用：

‖ I wondered if you could read this.

只要使用以上的說法，對方通常會樂於回應你的請託。

「本來打算這麼做，但是失敗了」
可以用現在完成進行式的 I've been wanting／meaning

外國人容易用的講法

I wanted to phone you.

I wanted to ～是過去式的講法。但過去式與「現在式」是切分開來的，無奈的感覺不夠強，聽的人會產生負面的解讀：「在過去的某個時點曾經這麼想過，但現在並不這麼想」。

在商業場合中，如果想要誠懇表達「原本明明很想這樣，卻無法做成」，這時用 I've been wanting、I've been meaning 表達，會很有幫助。mean 一般翻譯成「有某種意思」或是「意味著什麼」，而 mean to do 有「打算做某件事」的意思。「現在完成進行式」的句子可用來讓人際關係更加圓滿。

原本有意要打電話，卻無法打成

在商業場合中，「應該〇〇，卻（因為太忙等原因）無法做到」，或是「應該〇〇，卻（因為忘掉了而）未能做到，必須向對方致歉」的狀況應該很常見。這時，若能使用 want 或 mean 的現在完成進行式，將可有禮貌地傳達出自己深感抱歉的心情以及背後的原因。

例如，可以使用這樣的句子：

> A) I've been meaning to phone you, but I haven't been able to.
>
> B) I've been wanting to get back to you, but sorry, I've been too busy.

這兩句話翻出來意思分別是：

A) 意指「我一直想著要打給你，但沒能打成。」

B) 意指「我一直想回覆你，但很抱歉，實在是太忙碌了。」（get back to you 意思是回覆來自對方的聯繫，也就是找機會回答對方提出的疑問）。

這兩句話的重點在於「（明明很想～）還未能實現」。如果問 I've been meaning to 和 I've been wanting to 有什麼不同，兩者在語意上的差異如以下說明。

I've been meaning to 是「（從過去的某個時點一直到現在）都一直**在想著**要做這件事（但是卻未能實現）」。

I've been wanting to 是「（從過去的某個時點一直到現在）都一直**很想要**做這件事（但是卻未能實現）」。

A)、B) 這兩個例句從 but 起的後半部，就是明白告知「還沒做到」；但就算不講這後半部，基本上還是能夠傳達出「還沒做到」的語意。因此，只要像下面這樣講，聽的人就知道「你還沒有打電話」：

I've been wanting to phone you.

（我一直很想打電話給你。）

原本想碰面，卻沒有時間

這兩種說法不但適用於商業情境，想要表達內心某種微妙的心情時，也很好用。例如，想傳達出「我一直很想要和你碰面，但就是沒有時間」時，只要用以下說法就行了：

I've been wanting to see you, but I just haven't had time.

原本想寄資料，電腦卻壞了，沒辦法寄

辦公室常會遇到電腦出問題。所以，若想表達「我一直想要寄資料給你，但電腦卻當機了……」，也就是想要稍微找點藉口的狀況時，可以採用以下講法。

I've been wanting to send you the data, but my computer has crashed.

原本想和主管談談，卻因為出差而無法實現

明明有案子非得和主管談，卻因為主管出差而無法傳達給他知道時，可以用這樣的句子：

> I've been wanting to talk to our boss about it, but he's now on a business trip.

只要使用上述的表達方式，就不會只傳達出「未能做到」的意思，也可以把「我明明一直想著要這樣，卻未能做到」的歉意，傳達給對方知道。

「要不要一起吃個午飯？」

提建議時用 could 可讓人際關係和睦

外國人容易用的講法

Let's get together for lunch and talk more.

雖然使用 Let's 在文法上沒有錯，卻會給人一種硬邀人家的感覺，變成「我們就一起去吃午飯吧」的意思。雙方若是朋友倒還好，但若為往來廠商、客戶或是主管，要邀約對方一起用午餐時，「Let's」就太過隨性了，可能給對方沒禮貌的印象。若要委婉提議時，可以用 could.

要不要一起吃個午餐？

can 的過去式 could，不光是「過去能夠～」，或是「過去的可能性與能力之有無」而已。could 也可以用在「提議」，想要有禮貌地表達提案之意時，可以用 could。

例如，要邀約對方吃午餐時，以下這樣的句子很好用：

> I enjoyed talking with you. We could get together for lunch and talk more.
>
> **（和你談話很開心。我們可以一起吃個午餐，再多聊一點。）**

get together for ～有「聚在一起做某件事」的意思。而使用有「提議」之意的 could，可表達出「可不可以～」、「～如何呢？」這種比較委婉的態度。我想各位現在應該能夠了解 could 和 Let's 之間的不同。

啊，那件事就由我來做吧？

用 could 來表達「提議」不但能用在與客戶之間的正式商業場合中，也能用在日常情境中。英語母語者在工作中常用的一種說法是：

> I could do that.
> 這句話有**「啊，那件事就由我來做吧」**的意思。

無論在英語或任何語言中，聽到有人講出這樣的話，應該都會覺得「這個人真是機伶」、「這個人很勇於任事」，對他留下好印象。

例如，看起來異常忙碌的主管或同事，拿著文件走向影印機時，不妨開口向對方說：

> I could make the copies.
> **（我來幫你印吧。）**

對方在開心之餘，對你的評價應該也會跟著提高。

這種說法既沒有推掉責任，也不是把所有責任都往自己身上攬，而是爽快地用 could 提議，表達「就由我來做吧（就由我來做，如何？）」。因此，could 可以發揮潤滑油的角色，讓人際關係更為和諧。

找他商量看看怎麼樣？

再看另一個例子吧。

A：We really need this project. But our boss wouldn't like it.
（我們真的很需要這個案子，但我們主管恐怕不會喜歡。）

B：You could talk to Mike. He'll listen to you.
（你們要不要找麥可談談，他應該會聽聽你們的意見。）

You could talk ～這種說法，可以更柔和地向對方表達提議之意。

> When you go to London, you could see John.
> **（你到倫敦去的時候，可以去找約翰。）**

這也是提議。請各位務必記住，could 除了表示「過去的可能」以外，也有這樣的用法。

「如果可以和我們聯絡，那就太好了」

用假設語氣可表達「謹慎的期望」

外國人容易用的講法

Please help us.

如前所述，在動詞前面加 please，依然是一種由上而下的命令語氣，聽起來並不有禮。在 P180 也曾經提過，要傳達難以開口的事情時，可以用「過去式」，而這裡要說明的「假設語氣」在委婉表達自己的希望時很常派上用場。

你如果願意幫忙，那就太令人開心了

請看以下的例句：

> It would be great if you helped us.
>
> **（你如果願意幫我們的忙，那就太棒了。）**

「假設語氣」是用來表達「（實際上我想應該不可能，但）萬一這樣的話」、「要是〇〇的話」等語意，帶有若干妄想的成分在內。像「或許不會變成那樣，但要是……」這樣的句型所帶有的「妄想性」，很能夠傳達出委婉請求的感覺。

以下是針對「假設語氣」更多的說明。

看看下面的例句，應該可以了解這種說法帶有若干「妄想性」的成分。

If I became prime minister, I'd(= I would) live in a big house.
（如果我成了首相，我就住在大房子裡了。）

這句話很像是小學生講的話。順帶一提，同樣用 if，也可以用來表示「條件」。

If I become prime minister, I'll improve the nation's economy.
（如果我成為首相，我會提振國家的經濟。）

這番話的現實性，聽起來比「假設語氣」要來得高。亦即，這會讓人覺得是一個頗可能當上首相的重要政治人物所講的話。

原則上假設語氣 if 的子句會用「過去式」，主要子句會用「would + 動詞原形」。使用過去式就表示和現在有所區隔，給人一種缺乏現實性的印象。

條件句的 if 子句用「現在式」，主要子句用「will+ 動詞原形」。現在式也代表著「事實、斷定」的意思。例如，The earth is round（地球是圓的）用現在式，就表示是事實與斷定。因此，條件句聽起來的現實性會比較高。

而 P190 中的例句，動詞用的是過去式 helped，因此，很明顯就是假設語氣。if 子句中提到的事（＝幫我們的忙）是心裡的願望，真的講起來也可以預期對方會幫我們。但如果用的是現在式的條件句，變成 It will be great if you help us，所傳達出來的就變成充滿自信認定「你會幫助我們」，就可能給人蠻橫的印象。

在此如果使用假設語氣，就能有禮貌地傳達出「他或許不會幫助我們，但如果能夠幫助我們，就太好了」的語意。

如果可以和我們聯絡，就太好了

接著介紹一個在商業情境中馬上可以用到的例句。

> We'd(=we would) appreciate it if we heard from you.
> **（如果可以和我們聯絡，就太好了。）**

大家當然都希望對方會回信，所以都會想要用「We'll appreciate it if we hear from you」的條件句說法，但若能假裝進入「妄想」模式，用「要是您能夠和我們聯絡的話」來表達，就能傳達出禮貌請求的語意了。

如上所述，在想要拜託別人做什麼，又不方便直講的時候，採用「**if+ 過去式**」的假設語氣，很有用。

WORDS ✓ **appreciate 感謝、欣賞、鑑賞**

那樣的話很好

有時，會聽到應該要有代表假設語氣的 if 子句，卻沒有出現在句子中。這種情況我稱之為「隱藏性假設語氣」。雖然不是正式的文法用語，但在日常會話或商業會話中，卻是不可或缺的存在。

以英語為母語的人，每天恐怕會用到好幾十次的隱藏性假設語氣吧！

例如，在以下這樣的對話中，就會用到。

A：We can set up a new project team for this.

（我們可以為這件事成立一個新的專案小組。）

B：That'd be nice.

（那樣的話很好。）

上述對話中，出現隱藏性假設語氣的地方是「That'd(= That would）be nice」。如果把隱藏起來的 if 子句回復原狀，就會變成：

If we set up a new project team for this, that'd be nice.

不過，這等於是把提議者講的話又重複講一次，讓人覺得太囉唆，所以才會把 if 子句省略，讓對話更為順暢。

以下的這些說法，都是經常出現在日常生活中各種場景的隱藏性假設語氣（由於隱藏性假設語氣主要用在會話中，通常會用較輕鬆的「'd」，比較不會用「would」）。意思都是「如果能幫我們這件事，就太開心了」。最多人用的說法有以下幾種：

That'd be great.

That'd be wonderful.

That'd be nice.

I'd appreciate it.

「能否講慢一點？」

I wish+would 是較輕微的「拜託」

外國人容易用的講法

Please speak more slowly.

這種說法只是在命令句前面加個 please，聽起來難免會讓人覺得是在上位者命令下面的人：「請你講慢一點」。假如不是要命令人，而是要客氣請求對方時，可以用 I wish+would~。

能否再講慢一點？

面對滔滔不絕、講話快速的母語人士，心想「要是他能講慢一點，我就能夠聽懂了」的時候，下面的句子很好用：

> I wish you would speak more slowly.
> **（很希望你能夠講慢一點。）**

這句話的意思是「我很希望你能夠為我講得再慢一點」。語氣比命令句委婉了些。

再舉另一個例子。

I wish you would just listen to me.
（很希望你能夠聽我說。）

另外，要注意的是，不要把「I wish + would ～」和「I wish + 過去式」混為一談。兩者看起來很像，卻有明顯的差異。

不妨用這樣的方法記憶：

「I wish+would ～」＝較柔軟版的請求
「I wish+ **過去式**」＝針對現在的事妄想或夢想

要客氣提出請求時，常會用 Would you ～？的說法，只要事先知道 I wish+would ～也和這句話一樣，帶有「客氣提出請求」的語意，就不會搞混了。

請不要喝那麼多

當然也可以用 I wish+wouldn't 的說法。例如，在招待客戶的餐宴上，希望同事不要喝那麼多酒時，可以用這樣的講法：

I wish you wouldn't drink so much.
（希望你不要喝那麼多。）

太太要告誡丈夫不要喝太多酒時，也可以用這樣的講法。

希望能停止批評

I wish 的後面，也可以用 you 以外的字。

> I wish our boss would stop criticizing us.
>
> **（我希望主管能停止批評我們。）**

criticize 有「批評」的意思。上面這句話是在對眼前的現實，提出主管「別再批評」的希望。

有時沒辦法當著主管的面對他說：「請你別再批評」，或是在心情上，真的很想講出：「Please stop criticizing us.」這句話。但就算無法直接告訴主管，或許會有其他主管或同事聽到這樣的煩惱，而間接向那位主管提出委婉的建議也說不定。

順帶一提，wish 以下如果改成過去式：

I wish our boss stopped criticizing us.

意思就變成「要是我們主管能夠停止批判我們就好了（但事實上應該不可能吧）」。

這句話就沒有「希望面對現實、解決問題」的意思了。相較之下它的語意比較接近抱怨。stopped 用的是過去式，也透露出和實際狀況是有差距的。

「如果碰到什麼問題」

If ～ should 是顧及對方顏面的好用片語

外國人容易用的講法

If there is anything wrong, contact me anytime.

（如果碰到什麼問題，請隨時和我聯絡。）

翻譯後，可能不太容易看出細微的語意差別，但 **If+ 現在式**其實有個大前提，就是「料想（必然）會碰到問題」，因此可能會讓對方不開心，或是流於失禮。這時，若能改用 If ～ should，就比較保險。

如果碰到什麼困擾，請隨時和我聯絡

來看看下面的例句：

If there should be anything wrong, contact me anytime.

雖然講起來有些冗贅感，但如果把包括在其中的語意也譯出來，就會知道哪裡不同了，這句話的意思是：「我相信以你來說，應該不會碰到什麼困擾，但萬一真的碰到什麼困擾，請隨時和我聯絡」。

很多人在學 should 這個字的時候，多半都會記成「應該～」。當然，在給建議時固然也可以用 should，但是，should 也經常用來表示「預料」或「推測」之意。因為 if 子句中如果有 should，就有「理當～」這種推測的語意，變成「萬一有這種情形」的意思。

也因為帶有「理當」之意，If ～ should 就會讓對方聽起來比較舒服。

例如，在工作交接時，如果想要向接手的人表達「如果碰到什麼困擾，請隨時和我聯絡」時，若對方自尊心較強，或是比自己年長，直接認定對方「一定會碰到困擾」，有時聽起來就會很失禮。

這時，若能像上述例句那樣，採用 If ～ should 的說法，將可傳達出「雖然我認為你碰到困擾的可能性很低」的細微語意，對方也就比較能接受了。

由於商業場合中，經常必須表達「如果有什麼問題」、「如果碰到什麼困擾」。為了不讓對方感到不舒服，請記住可以多利用 If ～ should 的說法。

「是不是能告訴我，為什麼會這樣？」

在不責備對方的狀況下詢問「失敗原因」

外國人容易用的講法

Tell me why you did this.

如果把「請你告訴我為什麼會做這種事」直接翻成英語，就會變成上述的句子。但如同前面一再強調的，這是一種命令形，聽在母語人士的耳裡，就像是在說：「喂，小子，你給我講清楚，為何會幹出這種事」一樣。他們會覺得你很粗魯。就算再加上 please 也不行，對方還是會覺得，你在指摘他的錯誤，強烈責罵他。

你可以告訴我為何會變成這樣嗎？

想要問理由或原因，又不想傷到對方時，用 I 開頭，把自己當成主語的說法，很有用。

> I want to know why this happened.
> **（我想知道為何會發生這種事。）**

重點在於，從頭到尾都不用到 you 這個字。由於表達出來的語意是：「我希望有人能夠告訴我」，所以對方就不會覺得自己受到責備了。

也可以採用以下的說法：

> Why do you think this has happened?
> **（你覺得為什麼會發生這種事呢？）**

這句話也同樣帶有「請你告訴我」的語意。

雖然問的是同樣的事，但 Tell me ～這種問法，無濟於解決問題。所以，還是要注意不要用這種催促式的問法，對方才能協助解決問題，而不至於太過緊張。

為什麼會變成這樣的虧損呢？

再舉一個實用的例句。

比如說，你想要向對方提出質疑：「公司虧損了，為什麼成本會這麼高？」時，你可以用 I want to reconcile 的說法。reconcile 除了有「使和好、使和解」的意思外，還有「使一致」的意思在。亦即「我希望能夠在腦中釐清狀況、理解原因」。若把上個月還是賺錢的數字拿來與這個月變成虧損的數字相比對時，就會問對方：

> I want to reconcile these two numbers.
> **（我想要搞懂這兩個數字。）**

這麼講的話，既能催促對方說明，又不會讓對方覺得受到責備（反倒是裝做一副錯在自己的樣子）。

以下的說法，同樣可以一面裝做錯在自己，一面讓對方講出自己的意見與認知。

I don't understand ～

（我搞不懂～）

I just don't know how to do it.

（我不知道該怎麼做。）

 再補充一點

既稱讚對方，又傳達感謝之意

在獲得能夠接受的說明時，或是後來事情順利推動時，若能稱讚對方一下，表達感謝之意，將可建立更好的人際關係。

切記，用以下這些說法取代 Thank you，很有效。

Oh, fantastic!

You did it!

I knew you could do it.

這幾句話都很難直接翻譯，但語意大致上是「太讚了！」、「我就知道你做得到」等等。

「我無法接受你的意見」

無法同意、提出抗議時，也有禮貌的說法

外國人容易用的講法

I don't understand.

I don't agree with you.

這樣的講法對方聽起來會很不是滋味。在商場中，就算不同意對方所講的事，或是想要表達抗議，還是必須以比較有禮的表達方式。

我無法認同你的論點

在英語中，就算講的是同樣的事，也可能隱含各種不同的語意，其中最客氣有禮的說法如下所示：

> I'm sorry, but I can't follow your logic.
>
> **（不好意思，我跟不上你的邏輯）**
>
> Can you give me a few examples of mistakes we have made?
>
> **（你可以舉出幾個我們犯錯的例子嗎？）**

一開始的 I'm sorry 固然是表達歉意，但後面接 but I can't follow your logic 則是用於提出反對意見的技巧，這可以委婉表達出「我無法理解你的論點」。

不好意思，您的意思是我們有錯嗎？

像 P202 那樣的柔和講法如果能解決問題，固然再好也不過，但如果希望使用既客氣又稍強的語氣，可以採用如下的說法：

> I beg your pardon. Are you saying we are wrong? May I ask you to elaborate on it?
>
> **（抱歉，你的意思是我們有錯嗎？我可以請你講清楚些嗎？**

I beg your pardon 表示「不好意思、抱歉」，在街上要穿過人群時，或是輕輕撞到別人時，也經常會這麼講。

elaborate 在第二章也出現過，意指「詳細說明」。重點在於要搭配 May I ask you ～這種客氣的說法。順帶一提，當外國人變得情緒化、講出如下的話時，就要注意了。

What the hell are you talking about?

What the hell 是「究竟、到底」的意思，用這種說法很粗俗無禮。整句話的意思是「你到底在講什麼東西？」如果在商業場合中有人講出這句話，就要小心狀況已經有點糟糕了。

WORDS ✓ **elaborate**　詳細說明、精心製作

「現在還是暫時別討論那件事吧」

感覺快要出問題或想要改變話題時可使用的片語

外國人容易用的講法

Stop it now.

許多人希望別人停止動作時，常會開口講出「等一下」、「停手」這類的話。所以，要是有人對自己講這種話時，似乎也不會覺得有什麼不妥。但是在英語中，「Stop it now」是一種很強烈的命令語氣，表示：「現在馬上給我停下來！」對方恐怕會感到不舒服。

要不要晚一點再討論？

在商場中，有些事情如果在當時的氛圍下討論，可能會讓事情複雜化。

例如，當別人問你：「針對這個問題，你的看法如何」時，而你的判斷是，目前缺乏可以談的素材，不是說明的好時機，就可以使用如下的說法：

> I don't want to explain it to you right now. Can we discuss this later?
>
> **（我不想現在說明這件事。我們可以晚一點討論嗎？）**

就算你心裡想的是「拜託別談這件事」，但若當場講出來，會給人一種強勢的印象。

因此，我建議用：「我希望晚一點再談這件事」來化解會比較好。

我想應該有更好的時機可以討論

若要以更為積極的態度表達「現在不適合談」，以下的句子也很管用：

> There must be a better time for you and me to talk about this subject.
>
> **（我想應該有更好的時機可以讓我們討論這件事。）**

這個例句中隱藏著「我不是要閃避討論，而是希望能另找機會討論，因為這對你我來說都比較好」的積極意思。

Conversation

「是我不好！」

沒有辯解餘地時可使用的道地說法

外國人容易用的講法

I'm sorry. I'm absolutely wrong.

I made a huge mistake.

這些說法畢竟還是在學校學到的直譯式英語。雖然看起來像是直率而全面承認自己的錯誤，但因為聽起來有一種嚴重到要「切腹」的語意，母語人士或許會覺得不知所措。

沒什麼好辯解，我錯了

在商場中，有些事情就是自己有錯，實在沒什麼好辯解的，必須全面認錯。面對必須低頭認錯的時候，美國人常會用這樣的說法：

> Mea culpa.
>
> **（對不起，我錯了。）**

這句話來自拉丁文，發音是「米阿 科帕」，可以傳達出「沒什麼好辯解，我錯了」的語意。由於是外來語，用這句話低頭道歉，心情就比較不會那麼沉重。

WORDS

✓ **absolutely**	**絕對地、完全地**
hug	**巨大的、龐大的**

講出 mea culpa，可以讓對方產生「真是沒辦法啊，好吧」之類的感受。因為已經表達出「自己的錯沒什麼好辯解的」，對方也就比較不會想追問你犯錯的原因。

一起討論解決之道吧

相反的，如果是母語人士講出 mea culpa 向你道歉時，也要用正面的態度回應。例如，若用如下的句子回應對方，可以順利讓事情往「和對方一起把他的過錯彌補起來」的方向發展。

> Let's talk about the solution.
>
> **（一起討論解決之道吧！）**

不要用「Why did you make a mistake?」這種直譯式母語的講法回應。面對低頭道歉的人，再去苛責他「你怎麼會犯錯」是不適宜的。

另外也要注意，不要用同樣是直譯出來的「I understand. I accept your apology」的說法回應對方。或許你是想表達「我接受你的道歉」，但這樣的說法卻帶有「上位者原諒下位者」的意思，聽在母語人士的耳中，是一種自大的講法。

「希望你告訴我事實」

不好開口的話題，如何才能讓對方交代清楚？

外國人容易用的講法

You are in trouble. Please tell me the truth.

在外國擔任管理工作，或許不時會耳聞一些部屬的負面傳聞，像是盜用公款或是性騷擾之類的事件。如果想找當事人問清楚，卻劈頭就講出如上的句子，對方可能會有所防範，不願講出實情。

這種問題可說是職場中最難溝通的，可以把它當成應用篇，看看有什麼說法可以採用。畢竟知道這些講法，可以避免因為嚴厲質問對方，導致事情愈處理愈糟。

請你相信我，把事情講出來

在講出「請你說出實情」時，若能傳達出「我會協助你」的說法，對方也會覺得比較好開口。例如，以下的句子就是很好的開頭：

> I should be the first person to know ～ .

意思是「我應該要第一個知道這件事」。這可以傳達出「請你相信我，把真正的事情講出來比較好」的語意。

如果是違反公司規定，或是有不法嫌疑等涉及職務去留的問題，在冷靜的語調下，以如下的說法開頭，也是一種好方法：

> You should tell me, so I can figure out what to do about it. Because I don't want to lose you.
>
> **（你應該要告訴我，這樣我才能判斷如何處理。畢竟我不想失去你。）**

表達的重點在於，就算你內心很想要嚴厲質問他，還是要表現出誠懇的態度，在你的話中傳達出「所以，我希望你能講出真相」。

如果連這種最難處理的問題都能成功溝通，那表示你已是優秀的商業人才了。

雖然這種情況很棘手，但句子裡所用的單字或是句型本身，並不困難。英語中有各式各樣的細微語意，我想透過這樣的解說，各位也已經知道表達不同語意的訣竅。

WORDS ✔ **figure out**　想出、理解

「Subject（主旨）」是郵件的「門面」
以一個字表達重點最聰明

商場中，少不了電子郵件的往來。以下將由我來為各位解說英文商業電子郵件的結構、規則，以及不流於失禮的寫法。

首先，「Subject（主旨）」可說是電子郵件的「門面」。光從郵件的主旨，某種程度可以看出一個人的工作能力。例如，不少人老是以「我是〇〇」做為電子郵件的標題。這會讓收件人無法馬上得知郵件要談的是什麼事，日後要再找出這封郵件來，也很麻煩。

寫英文電子郵件必須注意這點。

標題這樣寫，就能簡要傳達郵件的目的

> Inquiry: Product VG-100
>
> **（詢問：關於 VG-100 這項產品的問題）**

在上述範例中，一方面表明信件要問問題，一方面加上冒號寫上產品編號，告知事件重點。像這樣的寫法，就能簡要又明確地告訴對方要事為何。

再舉一個例子。

若有問題想問對方時，可以這樣寫：

Question: Your e-mail of July 10
（問題：關於你七月十日那封郵件）

郵件主旨基本上用簡單的寫法就行了，但務必寫清楚，也不要寫得太長。

以下的單字，都可以放在冒號之前：

Confirmation **確認**
Information **資訊**
Notification **通知**
Request **要求**
Reminder **提醒（通知對方要開會或和誰碰面等等）**

像這樣用心把主旨寫得簡單易懂，讓收件人容易做事，是很重要的電子郵件禮節。

如何寫收件人名字才不失禮

名字後面要用逗號，還是冒號？

和多數語言一樣，英文信件第一行要寫對方的名字。也如同大家知道的，英文信或郵件中，多半都會在收件人名字前面加上「Dear」這樣的敬詞。

如下所示，如果知道對方的名字，「Dear+ 敬稱 + 名字」會是有禮貌又正式的信件寫法。

> Dear Mr. Smith
>
> Mr. John Smith（不用 Dear 的話）

對方若為女性，原本未婚或已婚要用不同的敬稱，但最近一般來說，比較不會在商業信件中使用 Miss 或 Mrs.。

比較保險的用法是 Ms.，不管未婚或已婚都可以適用。

> Dear Ms. Smith

在職場中，如果雙方關係密切，也會用「Dear + 名字」的寫法。如果是朋友或多年同事等特別熟悉的人，寫電子郵件時，有時會用：

Dear John

John（不用 Dear 的話）

如果平常就只用名字互稱，郵件開頭這樣稱呼倒無妨；但如果是第一次寫給對方，或許會因為對象的不同，而有失禮的可能。如果難以判斷對方和自己到底有沒有那麼熟，可以等對方先用名字稱呼你，或在郵件中只寫你的名字時，再配合對方這麼做，就比較保險。

有兩個可以學起來的小技巧，讓對方看了會對你另眼相待：

Dear Mr. Smith,

Dear Mr. Smith:

在名字的後面加逗號，是英式寫法；加冒號，則是美式寫法。

雖然兩種寫法都沒錯，但若能配合對方的身分應變選用，可以讓對方對你產生有禮貌的好印象。

以上是已知對方姓名時的寫法。但是在職場上，很多時候我們未必知道寄信者的名字。這時，接下來介紹的技巧就很有用了。

部門名稱一定要加「The」

不知道對方姓名時的稱謂禮節

在英文商業郵件中，就算不知道寄件對象的名字，也有一定的規則可用。

例如，有時我們要寄信給採購部經理，但又不知道負責人的名字時，只要像下面這樣，以部門名稱代替收件人名稱就行了。重點在於，部門名稱的前面一定要加「The」。

> The Purchasing Department **（採購部）**
> The Import Section Manager **（進口部經理）**
> The Manager: Research and Development **（研發部經理）**

若以職務名稱充當收件人姓名，前面一定要記得加「The」，就像上面寫的 The Import Section Manager。

很意外，許多人並不懂這樣的禮節。然而，母語人士往往會根據你有沒有加上這個「The」，來判斷你的背景，像是你有沒有受過良好教育，所以務必多加留意，才能給對方「行事俐落」的好印象。

雖然沒必要太過講究，但部門名稱、職務名稱的第一個字母都大寫比較好。

在商場中，往往必須同時寄郵件給大批顧客或員工。像這種一次寄信給特定多數人時，要用如下的稱呼方式。切記名詞要用「Customers」這樣的複數形。

Dear Customers　　**（親愛的顧客們）**

Dear Colleagues　　**（親愛的同事們）**

Dear Purchasers　　**（親愛的買家們）**

Dear International Students　**（親愛的留學生們）**

信末不是只能寫「Sincerely」

信末要用什麼詞，取決於收件人名稱中是否寫了對方名字

如前所述，英文書信中，會在名字前加上「Dear」這樣的敬詞。若為正式郵件或書信，信件最後的敬語，會因為開頭處是否寫上人名而有所不同。這是約定俗成的規矩，請各位要學起來。

開頭處以「Dear+ 人名」寫出人名時

Yours sincerely（英式）

Sincerely yours（美式）

開頭處只寫「Dear Sir」、「Dear Madam」、「Dear Clients」，未寫出人名時

Yours faithfully（英式）

Faithfully yours（美式）

要用英式，還是美式，可根據收件人的國籍或自己的習慣。也可以先寫一次看看，再配合對方調整寫法。

但有一件事務必注意，那就是信件的頭尾一定要統一。如果開頭處在收件者的後面用了英式的逗號，結尾敬詞也要用英式；如果開頭處用了美式的冒號，結尾敬詞也要用美式。

只要遵守以上的規則，你的英文商業郵件就會給人很正式的感覺，對你留下彬彬有禮的好印象。

結尾敬語還可以用以下的字眼：

> Regards
>
> Best regards
>
> Kind regards
>
> Best wishes

這些都比前面提到的結尾敬語要隨性一點，相較之下多半用在較親熟的對象，因此，在商業場合中最好只用在彼此較熟悉的對象上。

適合國際商業人士使用的「簽名檔」

光寫自己的姓名與郵件地址不夠親切

把必要資訊確切告訴對方，是商業人士應該做到的基本事項，而郵件結尾的署名也是其中一項，但令人意外的是，不少人都只寫上「姓名和郵件地址」，或是「姓名和公司名稱」而已。

就算對方寄來的郵件，只在署名處留了姓名和郵件地址，我們還是要把自己的姓名、公司名、職稱、地址、電話等，也就是名片上的資訊全都寫進去。這種細微的貼心之舉，會給對方做事周到、聰明機伶的印象。

英文信件中，地址、部門等項目的寫法與順序，和有些國家的寫法不盡相同。

P219 介紹了英文信末該如何署名。請參考這個例子製作自己的署名欄，並設定為隨郵件附上。

【署名欄範例】

****

Hanako SHOGAKU（Ms.）	＜姓名＞
Manager	＜職稱＞
Industry Development Office	＜部門名＞
Central Japan Company	＜公司名＞
2-3-1 Hitotsubashi, Chiyoda-ku,	＜地址＞
Tokyo, Japan（101-8001）	＜地址後半、郵遞區號＞
Tel: ＋ 81-3-0000-0000	＜電話號碼等＞
Fax: ＋ 81-3-0000-0000	
E-mail: hanakoshogaku@ ●●● .co.jp	＜自己的電子郵件地址＞
http://www. ●●● .co.jp	＜公司首頁網址＞

****

一般來說，英文商業郵件的署名欄內容，都會照上述的順序排列。但在日文信裡，一開始會先寫公司名，再寫部門、職稱。英文信則會按照姓名、職稱、部門、公司名的順序。

要特別提醒的是，姓的部分要全部大寫。另外，外國人很難從東方人的姓當中判斷性別，因此，在姓名旁邊加註（Ms.），也是告知性別的一種方式。

寫對「年月日」與「時刻」

「11:00 a.m.」可能讓對方覺得你不懂寫法

在英文商業郵件中，就算是年、月、日或時間，都必須注意正確寫法，怎麼寫都有一定規則，務必學會。以 2014 年 5 月 2 日為例，以下是錯誤的寫法：

× 5/2/2014
× 2014/5/2
× 2014/2/5

若把月份寫成數字，對方會不知道哪個是月，哪個是日，因而導致誤解或混淆。

下面是年月日的正確寫法。美式的書寫順序是「月、日、西元年」；英式則是「日、月、西元年」。

○ May 2, 2014（美式）
○ 2 May 2014 **或者是** 2 May, 2014（英式）

英式的寫法當中，有時會把日寫成序數，像是 2nd May 2014。

或許各位看過有人把四月簡寫成「Apr.」，不過在商業書信中，月不能簡寫，必須把四月完整寫成「April」。

日期、時間若能寫得好懂又明確，就會讓人覺得有禮又親切。因此，與其說「下星期」，不如具體寫出確切時間。

○ Tuesday, May 12
△ Next Tuesday

此外，時間怎麼寫也有規則。一般來說，若想表達「上午十一點」，可以在 11 後面加上小寫的 a.m.，也可以寫成 11:00。例如：

○ 11 a.m.
○ 11:00
× 11:00 a.m.　　← 一般來說最好不要這樣寫

「關於～」、「要向您報告～」
正文開頭處可活用各種常用說法

很多人可能因為不知道信件的第一行該寫什麼，而遲遲無法下筆。其實，只要學會信件格式與訣竅，就能順暢寫出正式有禮的信件。在英文商業郵件中，開頭處有一些常用的句型。

以下介紹幾個信件開頭處常用的字詞，學起來會很方便，可搭配不同情況加以使用。

關於～／① With regard to ～

有些人會習慣先從時節問候寫起，但英文商業郵件，通常會直接切入重點。

這時，「關於～」就是很好用的開頭語了。如下面例句所示，在英文裡有多種不同的講法，每種都很常用，各位可以自行選擇喜歡的講法。

> With regard to your inquiry,
>
> **（關於你的詢問）**

With regard to the amended order we received on the 13th,
（關於十三日我們所收到的修正訂單）

關於～／② Concerning ～

Concerning our order for hair gel XI-100,
（關於我們所訂的 XI-100 髮膠）

Concerning your e-mail I received yesterday,
（關於我昨天收到你的那封信）

關於～／③ Regarding ～

Regarding the product samples,
（關於產品的樣品）

Regarding our sales promotion in December,
（關於我們十二月的促銷活動）

大家不需要特別區分 With regard to ～、Concerning ～、Regarding ～這幾種說法的場合，基本上都可以用。除此之外，還有幾種這裡沒講到的說法，也可以配合對方的用詞，再決定要用哪一種。

WORDS ✓ **amend** 修正、修改

補充一下～／ Further to ～

信件開頭處，也經常會用到代表「補充一下～」的 Further to ～。

Further to my e-mail sent last week,

（補充一下我上星期寄的郵件）

Further to my last e-mail,

（補充一下我上一封郵件）

這封信是要～／ This is ～

這個句型雖然很簡單，卻是信件開頭頻繁出現的用詞。

This is to inform you that the parcel you shipped arrived at my office today.

（這封信是要通知您，您所寄的包裹今天已經送達我這裡了。）

This is just to let you know our office will close between 10th and 20th August for the summer holidays.

（這封信只是要告訴您，敝公司將於八月十日至二十日放暑假。）

WORDS ✓ **parcel** 包裹、小包、一批、一群

第一個例句中的 This is to inform you that ～相對來說較正式，無論是普通的聯絡或是要事，都可以使用。

第二個例句中的 This is just to let you know ～帶有「有一點小事要讓你知道」的語意，可以用在通知公司休假這類事情上。

要謝謝你～／ Thank you for ～

表達謝意的郵件中必用的句子。

> Thank you for your time on the phone yesterday.
> **（要謝謝你昨天抽空和我通話。）**

> Thank you for the XI-101 hair gel details.
> **（要謝謝你提供 XI-101 髮膠的詳細資訊。）**

Thank you for ～除了可以用在內文的開頭處之外，也可以用在結尾處。由於是經常出現在實際商業郵件中的用詞，各位務必學起來。

「麻煩您回信」、「請和我聯絡」

信件結尾也要使用有禮貌的語句

日文的商業郵件末尾，一般來說都會放一句收尾的話，像是「請多指教」。英文郵件也一樣，有固定放在結尾處的用詞。以下是幾個常用的講法。

期待～／ look forward to ～

> I look forward to hearing from you.
> **（期待你的回覆。）**

若希望對方趕快回覆，最後一句可以用下面的句子，給人有禮的印象：

> I look forward to your prompt reply.
> **（期待您盡速回覆。）**

look forward to ～的 to 後面如果接動詞，要像第一個例句的 hearing，變成動詞加 ing。

WORDS ✓ **prompt**　迅速的、俐落的

假如……的話，請～／ Please ～ if…

這種說法也是常用的結尾句。

> Please do not hesitate to contact me if you have any questions.
> **（如有任何問題，請不要客氣聯絡我。）**

> Please let me know if I can help you in any other way.
> **（如果有什麼我可以提供的其他協助，請告訴我。）**

> Please advise if this causes any problems.
> **（如果發生任何問題，請告訴我。）**

視緊急程度的不同，選用不同的「敬請回覆」

郵件最後若要表達「敬請回覆」時，可視狀況，用不同的說法。若是想以委婉的語氣請求對方盡快回覆時，可以用如下的句子：

> Please reply at your earliest convenience.
> **（請在您方便時盡快回覆。）**

希望對方馬上回覆時，也可以用以下的說法：

> Please get back to me as soon as possible.
> **（請盡速回覆。）**

WORDS ✓ **hesitate** 遲疑、客氣

不過，as soon as possible 這種說法會給人很苛刻的印象，建議是在真正緊急時再用。順帶一提，時間緊急時，也可以用下面這種常用的說法：

> This is required as a matter of urgency.
> **（這是個緊急事件。）**

WORDS ✓ **urgency** 緊急、迫切

「真的非常抱歉」
道歉時也要一併表達「感謝您的體諒」

用郵件表達歉意時，也有方便好用的固定說法。

> This is to inform you that we are unfortunately not able to deliver your order number 123 by December 5.
> **（這封信是要告訴您，很抱歉，編號 123 的那張訂單，我們無法在十二月五日交貨。）**

「This is to inform you that ～」前面已經介紹過用法，是信件開頭的用詞，但是在道歉時，也可以使用。「we are unfortunately not able to」是「很遺憾，我們無法～」的意思。也可以使用下面另一種說法：

> Please accept our apology for this delay. We thank you for your understanding in advance.
> **（請接受我們為這次的延遲道歉。在此也先感謝您的體諒。）**

明明交期延誤，卻表示「感謝您事前的體諒」，或許有人會覺得很奇怪。但在英文中，這是很常見的講法。由於是很典型的道歉用句，請各位務必學起來。

WORDS

✓ **apology**	**道歉、致歉**
in advance	**預先、事先**

Chapter 3

資料來源：

「實用商業英語講座」

Practical English for Global Leaders (PEGL)

狩野みき「Grammar for Business People」

狩野老師的線上討論課程，是以上班族為主的實用英文文法。除了介紹基本文法外，也介紹不同助詞的使用，幫助大家把想講的事情確切傳達出來；另外，也介紹了大家應該先弄懂的「不同時態所代表的不同語意」。除了把文法當成「規則」學習之外，本課程的目的也在於讓學員們學會如何把文法當成促進溝通的「工具」。預計共有 53 堂課。

大前研一「One Point Lessons」

假如公司要你一個月後外派到國外去，怎麼辦？國際級企管顧問大前研一以他長年在世界各地商業往來的經驗，教大家掌握用英語溝通的重點。包括學英語的訣竅，以及在國外從事商業活動的建議。每堂課 10 至 55 分鐘，共 12 次。

松崎久純「實用・英文電子郵件的正確寫法」

為想學好英文商業電子郵件書寫訣竅的人而開設的課程，內容包括寫好英文郵件的祕訣、收尾方式、網路教養等等，每堂課約 60 分鐘，共 3 次。這部分的英文摘選自《英文商業電子郵件的正確寫法（實踐應用篇）》（研究社出版、松崎久純著，2010 年）。

※ 該節目已於 2013 年播映完畢，目前發布的是關谷英里子講師的《為上班族開設的電子郵件講座》（每次課程約 30 分鐘，共 8 次）。

這本書為了讓讀者更容易理解，已更動或重新編排了節目中的部分內容。

結語

學好英語無關年紀，達成「一年五百小時」就對了

大前研一

讀到這裡，各位應該已經深深了解，學校裡學到的英語，在商業的第一線有多麼派不上用場了吧。

多數人之所以在國、高中學了六年英語，還學不好，原因在於日本文部省的英語教育方法存在著根本上的錯誤。日本文部省的英語教育和其他學科一樣，都是以○ × 的方式學習。但英語是一種溝通工具，哪裡有分什麼○或 ×。就是因為用○和 × 來判定，我們在講英語時，才會不自覺在意起「到底講對，還是講錯」，擔心用的單字、文法或結構是否適切，導致很多人最後變成一個字也講不出來。

相較之下，義大利人的英語就不會如此，比較注重「實戰」。我曾經多次目睹義大利男性在羅馬街角，一看到美麗的美國女性觀光客，就上前以英語搭訕。他們根本不怕講錯，也不會因為講一口破英語，就不敢把自己會的單字拿出來用。在○ × 式的教育下，使我們對英語很容易擔心被人打上 ×、害怕講錯，變成受到制約的「巴夫洛夫之犬」。明明這樣的英語教育手法明顯已經大錯特錯，日本政府卻在二〇一一年度起，把英語列為小五、小六生的必修科目。這只不過是讓他們提早兩年變成巴夫洛夫之犬而已。

就算退一百步，認同從小學起就把英語列為必修科目好

了，但是，與其讓那些缺乏能力的小學老師教英語，還不如每週在課堂上看幾次「芝麻街」、「CNN 新聞」等電視節目，或是讓孩子讀美國漫畫，還比較好。事實上，我兒子和孫子都是因為很迷國外的動漫，就自然而然學會英語。就算只能看懂故事的大概，細節部分不太能理解，但只要一直持續讀下去、看下去，慢慢就會看懂。就像嬰兒，聽媽媽說話，慢慢就學會說話。

然而，坊間的英語會話補習班，多半還是讓學生死背課本。例如，要學生用「no sooner ～ than……」這個句型造出：「媽媽才剛走進來，我就離開了那個房間」。接著，要學生再以同樣的句型，把主詞從「媽媽」替換成「叔叔」或「老師」，再讓大家反覆背誦練習。

但這種學習模式，學到的東西根本不實用。因為「活的英語」是不斷往前進的；而那種只更換句子主詞、停留在原地而不知往前的英語，卻是「死的英語」。而且，在實際的英語會話當中，我幾乎沒聽人用過「no sooner ～ than……」這類句子。因此，我實在搞不懂，為什麼文部省或英文會話補習班，會用這樣的方式教英語。

◆從 TED 的簡報及總統演說中學漂亮英語

我認為在學習外語時，基本上要照著「聽→說→讀→寫」的順序。因為無論是哪一國的小嬰兒，都是照這個順序學習語言。但我們的英語教育卻是反過來，先從「讀、寫」開始教起。除了走〇 × 式教育外，連學習順序都搞錯。我認為這正是多數人學不好英語的根本原因。

這也是為什麼許多人出社會，或進入大學和研究所時，都必須先把自己腦中的英語好好盤點一番，重新學習。

盤點的方法是，照著學外語的順序，然後找英語母語人士的精采演說或簡報來「聽」。我非常推薦「TED」的演說。TED 是「Technology」、「Entertainment」、「Design」（技術、娛樂、設計）的縮寫，為美國的非營利機構，常邀請各種領域的專家發表演說。二〇〇六年起，這個機構開始在網路上公開簡報影片，受到全球歡迎。美國前總統柯林頓（Bill Clinton）、亞馬遜創辦人傑夫·貝佐斯（Jeff Bezos）、Google 共同創辦人瑟吉·布林（Sergey Brin）與賴瑞·佩吉（Larry Page）等人，都曾應邀演講。日本的 NHK 電視台也在學習 TED 表達的「超級簡報」中播放這些人的影片，很受歡迎。

聽了 TED 的簡報後，會發現其中有許多巧妙而高明的表達方式，值得我們應用學習。只要把這些部分抄下來、加以應用，就能納為己有。

接下來是「說」的訓練。大家平常出門可以帶著便條紙，試著把眼前看到的東西、當下想到的事，或是剛才聽別人講到的事等等，用英語「實況播報」看看。也可以拿智慧型手機或錄音筆等工具錄音下來。至於那些不知道該如何用英語形容的部分，就寫在便條紙上，請英語補習班的老師，或是以英語為母語的朋友教你怎麼講。只要不斷進行這樣的訓練，原本不知如何說的句子，慢慢就會講了，而且，還可以在腦中自由組合。未來就算臨時要講，也能夠自然而然地講出來了。到了這個階段，英語就算是粗略通了。

由於破英語才是這年頭的標準國際語言，就算不是「正確的英語」也無所謂。如同各位在這本書學到的，在全球商業第一線，需要的是能夠和對方交談、促使他人採取行動、創造出成果的溝通能力，就算講得不流利也沒關係。

最後是「讀」和「寫」。這個部分也可以參考知名的演說，像是英國前首相邱吉爾或美國總統甘迺迪的演講。可以反覆閱讀他們的演講稿，從中找出自己覺得很棒的句子，慢慢內化成自己的東西。最重要的是，從諸如此類的「活教材」中，找出各式各樣的表達方式與句子後，再透過不斷的訓練，把這些東西在自己的腦中融會貫通。

◆和菲律賓老師對話成效卓著

順帶一提，本書中介紹的「實用商業英語講座」(PEGL)，也提供透過網路，以視訊電話和菲律賓人講師連線、一對一會話的課程。在這門線上英語會話課程中，會設想在日常商業情境中經常碰到的狀況，像是電話應對、狀況說明、簡報、談判等等，再以角色扮演的方式，反覆訓練學員學會充滿臨場感的會話。

每次上課時間 25 分鐘，初級課程的上課次數是 25 次，中級課程是 40 次，高級課程是 80 次。上完初級課程的 25 次後，有九成以上的學員表示：「對於英語會話已建立起自信心」；他們的商業英語會話能力，也真的有了長足的進步。也就是說，只花了 25 分鐘 ×25 次 =625 分鐘的時間，大約十個多小時就能達到想要的成果，門檻出乎意料的低。接下來只要再多上幾次，理當能培養出實際應用的商業英語能力。

若是將「實用商業英語講座」初級與中級學員的學習時間與多益分數進行比對，會發現「500 小時」是分水嶺：學習時間超過 500 小時的人，多益成績可進步 200 至 250 分；學習時間只有 200 至 300 小時的學員，只進步了 50 至 100 分。

根據這樣的調查可知，就算是不擅英語的人，只要一年投入 500 小時，也就是每天平均一個半小時的時間學習，一年後也能把多益分數拉高到 600 分左右。基礎學習確實有它單調而無聊的一面，但正如我在「前言」中所講的，希望各位把它當成是「肌肉訓練」，有效利用每天的上下班時間，或是週末兩天各花四小時集中學習，用心跨過「一年 500 小時」的門檻。

常有 35 歲以上的人問我：「我這個年紀，還能把英語學好嗎？」答案是「Yes」。

我希望對英語沒自信的所有上班族，至少花一年的時間，每天都泡在英語裡。相信只要這麼做，必能開出一條道路，成為一個在世界任何地方都能活躍的國際人才。

大前研一

一九四三年出生於日本福岡縣。早稻田大學理工學部畢業後，相繼取得東京工業大學原子核工學碩士、麻省理工學院（MIT）原子力工學博士。曾任日立製作所原子力開發部工程師，一九七二年進入麥肯錫顧問公司，歷任總公司資深董事、日本分公司社長、亞洲太平洋地區會長等職，一九九四年離職。其後活躍於眾多領域，包括全球多家大企業顧問、亞太地區國家層級顧問等。現擔任商業突破股份有限公司（Business Breakthrough Inc.,BBT）CEO 兼 BBT 大學校長，致力培育日本未來的棟梁。著有《企業參謀》、《新 ・ 資本論》、《質問力》、《放膽去闖》（與柳井正合著）、《日本復興計畫》、《新領導力》、《訣別》、《核電重啟最後的條件》、《打造品質國家的黃金法則》和《賺錢力》等書。

NOTE

NOTE

工作生活 WL029

大前研一教你
立刻交涉成功的商用英語

原著書名／大前研一の今日から使える英語：
「自信がない」ビジネスマンにすぐに効く英語のコツ
監修者／大前研一

編集協力／中村嘉孝、上田千春
寫真攝影／林紘輝（大前研一氏攝影）、伊藤大介（船川淳志氏攝影）
設計・DTP／大須賀侑子、河野智奈津（Beeworks）
資料協力／Business Breakthrough Inc.
英語校正／Eric Matsuzawa, 松澤美和（Cornwall English）
譯者／江裕真
出版事業部副社長／總編輯／許耀雲
總監兼總編輯特助／王譓茹
責任編輯／黃安妮
封面設計／周家瑤

出版者／遠見天下文化出版股份有限公司
創辦人／高希均、王力行
遠見・天下文化・事業群 董事長／高希均
事業群發行人／CEO／王力行
出版事業部副社長／總經理／林天來
版權部協理／張紫蘭
法律顧問／理律法律事務所陳長文律師
著作權顧問／魏啟翔律師
地址／台北市104松江路93巷1號2樓
讀者服務專線／(02) 2662-0012
傳真／(02)2662-0007；(02)2662-0009
電子信箱／cwpc@cwgv.com.tw
直接郵撥帳號／1326703-6號 天下遠見出版股份有限公司

電腦排版／中原造像股份有限公司
製版廠／中原造像股份有限公司
印刷廠／中原造像股份有限公司
裝訂廠／中原造像股份有限公司
登記證／局版台業字第2517號
總經銷／大和書報圖書股份有限公司
電話／(02) 8990-2588
出版日期／2015年2月9日第一版第一次印行

OHMAE KENICHI NO KYO KARA TSUKAERU EIGO

定價：300元
書號：WL029
天下文化書坊 http://www.bookzone.com.tw

國家圖書館出版品預行編目(CIP)資料

大前研一教你立刻交涉成功的商用英語／大前研一監修；江裕真譯. -- 第一版. -- 臺北市：遠見天下文化, 2015.02
面； 公分. --（工作生活；WL029）
譯自：大前研一の今日から使える英語
ISBN 978-986-320-672-9（平裝）

1. 商業英文 2. 會話

805.188 104000787

Believing in Reading

相信閱讀